# 청소년
# 다빈치 코드

# 1

# THE DA VINCI CODE

# 다빈치 코드 1

청소년 YOUNG ADULTS

댄브라운 지음 | 김영선 옮김

문학수첩

또다시 블라이드에게…….

그 어느 때보다 더.

독자 여러분,

**저는 늘 비밀과 암호를 좋아했습니다.** 숨겨져 있던 비밀을
불현듯…… 바로 눈앞에서 보는 것은 마법 같은 일이지요.

저는 열 살 때 처음으로 암호를 접했습니다. 우리 집 크리
스마스트리에 걸려 있는 종잇조각에 이상한 상징들이 그려져
있었습니다. 상징들의 의미를 해독하고 보니, 그 메시지는 부
모님께서 보낸 것이었습니다. 두세 시간 안에 우리 모두 깜짝
가족 여행을 떠날 것이라는 내용이었지요.

그날 아침 이후 저는 암호에 푹 빠졌습니다. 마구 뒤엉켜
있는 것들을 풀어야 의미를 이해할 수 있는 그런 비밀 메시지
에 매료된 것입니다. 저는 평생 비밀과 미스터리 세계를 탐구
했고, 그러한 여정 중 몇 년 전에 가장 신비로운 암호를 직접
보게 되었습니다.

그 암호는 아주 오래전에 만들어졌고…… 해독하기가 무척

까다로웠습니다.

전설에 따르면, 그 암호에는 놀라운 비밀이 간직되어 있다고 하더군요. 어떤 사람들은 그 비밀이 너무나 충격적이라 만약 그것을 알게 되면 다시는 세상을 이전과 같은 관점으로 볼 수 없을 것이라고 주장했습니다. 반면 어떤 사람들은 그 비밀이 그저 근거 없는 신화일 뿐이며 안개 속에서 무의미한 말을 속닥거리는 것에 불과하다고 주장했습니다.

두 입장 중 어느 쪽이 진실이든지, 여러분이 손에 들고 있는 이 책은 그 암호를 해독해 그 속에 숨겨진 미스터리를 밝혀내고자 모험에 나선 한 남자와 한 여자의 이야기입니다. 이제 곧 여러분이 발견하게 될 비밀들을 여러분이 믿든 그렇지 않든, 여러분이 자신들의 진실을 찾아 나설 수 있도록 이 여정 가운데 영감을 얻기를 바랍니다. 그 진실이 무엇이든 간에 말입니다.

댄 브라운 올림

## 사실

1099년에 유럽에서 결성된 비밀 단체인 시온 수도회는 실존하는 조직이다. 1975년, 파리의 국립도서관은 '비밀문서'라는 이름으로 알려진 양피지를 발견했는데, 여기에는 과학자 아이작 뉴턴 경, 화가이자 조각가인 산드로 보티첼리, 작가 빅토르 위고, 화가이자 발명가인 레오나르도 다빈치를 비롯해 수많은 시온 수도회 회원들의 이름이 실려 있었다.

오푸스 데이는 최근 극단적인 종교 수행에 대한 언론 보도로 논란을 빚은 독실한 가톨릭 분파이다. 오푸스 데이는 뉴욕시에 4천7백만 달러를 들여 전국 본부를 지었다.

이 소설에 등장하는 미술품, 건축물, 문서, 비밀 의식에 대한 모든 묘사는 정확한 사실에 토대를 두었다.

파리 루브르 박물관
밤 10시 46분

저명한 큐레이터 자크 소니에르는 루브르 박물관 대화랑의 아치형 천장 아래 복도를 비트적거리며 뛰어갔다. 그러다 시야에 들어온 가장 가까이에 걸린 그림을 향해 돌진했다. 카라바조의 작품이었다. 금박 액자를 움켜쥔 일흔여섯 살의 노인은 17세기 명화를 벽에서 힘껏 떼어 냈다. 그리고 그림과 한 덩어리가 되어 나자빠져 캔버스 아래에 깔렸다.

그의 예상대로 쇠창살처럼 생긴 철문이 우레 같은 소리를 내며 바로 옆으로 내려와 전시실로 가는 입구를 막았다. 쪽모이 바닥이 흔들렸다. 멀리서 경보가 울리기 시작했다.

소니에르는 잠시 가만히 누운 채 숨을 몰아쉬며 상황을 살폈다.

'나는 아직 살아 있어.'

그는 캔버스 밑에서 기어 나와 숨을 만한 곳을 찾아 휑뎅그렁한 공간을 훑어보았다.

등골이 오싹할 정도로 가까운 곳에서 목소리가 들려왔다.

"꼼짝 마시오."

두 손을 짚고 무릎을 꿇은 채 그대로 얼어붙은 큐레이터는 천천히 고개를 돌렸다.

5미터도 채 떨어지지 않은 철문 밖에서 몸집이 거대한 괴한이 쇠창살 사이로 큐레이터를 노려보고 있었다. 큰 키에 떡 벌어진 어깨, 유령처럼 창백한 피부에 숱 적은 머리칼은 흰색이었다. 눈의 홍채는 분홍색이고 동공은 짙은 빨간색이었다. 알비노(선천적으로 멜라닌 색소가 부족해서 피부는 흰색, 모발은 노란색을 띤 흰색, 눈동자는 빨간색인 사람—옮긴이)는 코트에서 권총을 꺼내더니 쇠창살 사이로 총구를 집어넣어 큐레이터를 정확히 겨누었다.

"왜 도망치는 겁니까."

출신 지역을 가늠하기 어려운 억양이었다.

"자, 그게 어디 있는지 말하시오."

"내…… 내가 말했잖소. 도대체 무슨 말인지 모르겠다고."

큐레이터는 더듬거리며 말했다.

"거짓말!"

괴한은 유령 같은 눈동자만 번뜩일 뿐 미동도 하지 않은 채 큐레이터를 노려보았다.

"당신과 당신의 형제들은 당신들의 소유가 아닌 것을 가지고 있지. 그것을 어디에 숨겼는지 말하시오. 그러면 목숨은 살려 줄 테니. 그것이 목숨을 바칠 만큼 중대한 비밀이오?"

괴한은 총구를 낮추어 큐레이터의 머리를 겨누었다.

소니에르는 숨이 턱 막혔다.

괴한은 고개를 갸웃하며 총구를 가만히 내려다보았다.

소니에르는 방어적으로 두 손을 쳐들고는 천천히 말했다.

"잠깐, 당신이 알고 싶어 하는 것을 말해 주겠소."

큐레이터는 신중하게 다음 말을 이었다. 이미 수없이 연습해 본 거짓말이었다.

그가 말을 마치자, 괴한은 회심의 미소를 지었다.

"그래, 다른 사람들도 정확히 똑같은 말을 하더군."

소니에르는 소스라치게 놀랐다.

'다른 사람들?'

"내가 그 사람들도 찾아냈소. 세 명 다. 방금 당신이 한 말이 사실임을 그들이 입증해 준 셈이오."

거구의 사내는 비아냥거렸다.

'그럴 수가!'

큐레이터와 세 청지기의 정체는 그들이 지키는 고대의 비밀만큼이나 신성한 것이었다. 소니에르는 청지기들이 엄격한 규정에 따라 똑같은 거짓말을 한 뒤 목숨을 잃었음을 알아차렸다.

괴한이 다시 총을 겨누었다.

"당신이 사라지면 진실을 아는 사람은 나뿐이겠군."

'진실.'

순간 큐레이터는 이 상황이 불러일으킬 진정한 공포를 실감했다.

'내가 죽으면 진실은 영원히 묻히고 만다.'

그는 몸을 숨기려고 재빨리 움직였다.

총성이 울렸다. 큐레이터는 배에서 이글이글 타는 듯한 열기를 느꼈다. 총알이 복부에 박혔다. 그는 고통에 몸부림치며 고꾸라졌다. 소니에르는 천천히 몸을 굴려 쇠창살 사이로 괴한을 쳐다보았다.

괴한은 최후의 일격을 가하려고 총을 소니에르의 머리에 겨누었다.

소니에르는 눈을 감았다. 두려움과 회한이 폭풍처럼 휘몰아쳤다. 철컥, 빈 총소리가 복도에 울려 퍼졌다.

소니에르는 눈을 번쩍 떴다.

괴한은 재미있다는 듯이 자신의 무기를 힐긋 내려다보았다. 그러고는 새 탄창으로 손을 뻗었다. 하지만 생각이 바뀐 듯, 소니에르의 배를 보며 태연하게 히죽 웃었다.

소니에르는 고개를 숙여 하얀 셔츠에 난 총구멍을 보았다. 복장뼈 10센티미터쯤 아래에 작고 둥근 모양으로 피가 맺혀 있었다.

'배에 맞았어.'

참전 용사 출신인 그는 15분 정도밖에 살 수 없다는 것을 알았다.

"내 볼일은 끝났소."

괴한은 그 말을 남긴 채 사라졌다.

홀로 남은 자크 소니에르는 다시 철문 쪽으로 눈길을 돌렸다. 적어도 20분 동안은 출입문이 열리지 않을 터였다. 누군가가 올 때쯤이면 그는 이미 숨이 끊어져 있을 것이다. 그럼에도 불구하고 그는 죽음보다 훨씬 더 큰 공포에 사로잡혀 있었다.

'비밀을 전해야 해.'

그는 전력을 다해 몸을 일으켰다.

두 발로 서려고 안간힘을 쓰면서 세 형제를 떠올렸다. 앞선 선조들을 떠올리고…… 자신을 포함한 네 사람에게 맡겨진 임무를 생각했다.

'끊어지지 않는 지식의 사슬'

그 많은 예방 조치…… 그 많은 안전장치에도 불구하고…… 이제는 자크 소니에르만이 유일한 연결 고리였다. 세상에서 가장 강력한 비밀의 단독 수호자가 되어 버린 것이다.

큐레이터는 몸을 바들바들 떨면서 간신히 두 발로 섰다.

'어떻게든 방법을 찾아야 해…….'

소니에르는 대화랑에 갇힌 신세였고, 그가 횃불을 넘겨줄 사람은 지구상에 단 한 명뿐이었다. 그는 자신이 갇힌 호화로운 감옥의 벽을 올려다보았다. 세계에서 가장 유명한 그림들이 오랜 친구처럼 그를 내려다보며 미소 짓는 듯했다.

그는 고통에 몸을 움찔거리며 마지막 남은 힘과 능력을 끌어모았다. 자신에게 주어진 필사적인 임무를 완수하려면 생애 마지막 시간을 1초도 허비해서는 안 된다는 것을 잘 알고 있었다.

# 1장

로버트 랭던은 천천히 잠에서 깼다.

어둠 속에서 전화벨이 울리고 있었다. 요란한 금속음의 낯선 벨 소리였다. 랭던은 침대 맡을 더듬어 스탠드를 켰다. 실눈을 뜨고 주위를 둘러보니 호화로운 침실이 눈에 들어왔다. 18세기풍의 골동 가구, 프레스코 화법으로 그린 벽화, 기둥이 네 개인 거대한 마호가니 침대.

'여기가 어디지?'

침대 기둥에 걸린 두툼한 목욕 가운에 '호텔 리츠 파리'의 로고가 새겨 있었다.

안개가 걷히듯 서서히 정신이 맑아졌다. 랭던은 허리를 세우고 앉아 피곤한 눈으로 맞은편 전신 거울을 응시했다. 낯선 남자가 그를 빤히 쳐다보고 있었다. 헝클어진 머리칼에 지친 몰골. 평소 날카롭던 파란 눈은 퀭하고 흐리멍덩했다. 까칠하게 자란 짙은 수염이 강인한 턱을 뒤덮고 있었으며, 관자놀이 주위에 난 흰머리가 덤불같이 까맣고 굵은 머리카락들 사이로 더욱 깊숙이 파고들고 있었다.

랭던은 수화기를 들었다.

"여보세요?"

"랭던 씨입니까? 혹시 방해한 건 아닌지 모르겠습니다."

남자 목소리였다.

랭던은 멍하니 침대 맡의 시계를 보았다. 밤 12시 32분이었다. 겨우 한 시간쯤 잤을 뿐인데 죽었다 깨어난 기분이었다.

"호텔 프런트 직원입니다. 방해해서 죄송합니다만, 손님이 찾아오셨습니다. 아주 급한 일이라고 하십니다."

랭던은 여전히 정신이 몽롱했다.

'손님?'

그의 눈길이 침대 옆 탁자에 놓인 구겨진 전단에 꽂혔다.

**파리 아메리칸 대학 주최 특별 강연**

미국 하버드 대학 종교기호학과

로버트 랭던 교수

랭던은 나지막이 신음을 뱉었다. 종교화와 상징에 관한 저서로 그는 예술계에서 반감을 산 유명 인사가 되었으며, 오늘 밤 샤르트르 대성당의 돌에 숨겨진 이교도의 상징에 대한 슬라이드 강연을 들은 청중 가운데 일부 보수주의자들은 심기가 불편할 법도 했다. 아마도 어느 종교학자가 싸움을 걸려고 숙소까지 쫓아온 모양이었다.

랭던이 말했다.

"미안하지만, 지금 무척 피곤해서……."

"하지만 선생님……."

호텔 직원은 굴하지 않고 목소리를 낮추며 다급하게 속삭였다.

"무척 중요한 손님입니다. 지금 객실로 가고 계십니다."

랭던은 잠이 확 달아났다.

**내 방으로** 누구를 보냈다고요?"

"선생님, 죄송하지만 이런 분은…… 저로서는 제지할 권한이 없습니다."

"도대체 누군데요?"

하지만 이미 호텔 직원이 전화를 끊은 후였다.

거의 곧바로 묵직한 주먹이 방문을 두드렸다.

랭던은 침대에서 미끄러져 내려갔다. 발가락이 카펫 깊숙이 박히는 듯했다. 그는 호텔 목욕 가운을 걸치고 문을 향해 다가갔다.

"누구십니까?"

"랭던 씨? 드릴 말씀이 있습니다."

외국인 억양이 느껴지는 그의 영어 말투는 매섭고 권위적이었다.

"제롬 콜레 반장입니다. 중앙사법경찰국 소속이죠."

랭던은 멈칫했다.

'사법경찰국?'

미국의 FBI와 비슷한 중앙사법경찰국에서 도대체 왜 만나러 왔을까?

랭던은 안전 걸쇠를 건 채로 문을 빠끔 열었다. 얼굴이 수척하고 피곤해 보이는 한 사내가 그를 빤히 보고 있었다. 호리호리한 몸에 파란 제복 차림이었다.

"들어가도 되겠습니까?"

콜레 반장이 물었다.

랭던은 어찌할지 몰라 머뭇거렸다.

"무슨 일이죠?"

"우리 부장님께서 개인적인 문제로 선생님의 전문 지식을 좀 빌렸으면 하십니다."

"지금요? 자정이 넘었는걸요."

"오늘 저녁에 루브르 박물관의 큐레이터와 만나기로 하셨지요?"

랭던은 문득 불안감에 휩싸였다. 그는 강연을 마치고 자크 소니에르와 만나서 술을 마시기로 했었다. 하지만 소니에르는 끝내 나타나지 않았다.

"네. 그걸 어떻게 아시죠?"

"소니에르의 일정표에서 선생님 이름을 발견했습니다."

"혹시 무슨 나쁜 일이 생긴 건 아니죠?"

콜레 반장은 한숨을 푹 쉬고는 빼꼼히 열린 문틈으로 폴라로이드 사진 한 장을 밀어 넣었다.

사진을 본 랭던은 온몸이 뻣뻣하게 굳었다.

"찍은 지 한 시간도 안 됐죠. 루브르 박물관 안입니다."

기이한 사진을 찬찬히 보고 있자니, 그가 처음에 느꼈던 혐오감과 충격이 분노가 되어 치밀어 올랐다.

"사건의 진상을 밝히려면 선생님의 도움이 필요합니다. 상징학에 대한 선생님의 지식도 그렇고, 소니에르와 만나기로 한 계획도 그렇고."

랭던은 이제 두려움을 넘어 공포를 느꼈다.

"여기 이 기호."

랭던이 겨우 입을 떼고는 내처 말했다.

"그리고 몸이 무척 기이한……."

콜레 반장이 말꼬리를 낚아챘다.

"자세가 기이하다는 말이죠?"

랭던은 머리를 끄덕이고는 오싹해하며 고개를 들었다.

"세상에, 어떤 인간이 이런 짓을? 상상이 안 가는군요."

반장이 심각한 얼굴로 말했다.

"뭔가 착각하신 모양이군요, 랭던 씨. 사진 속 모습은……."

그는 잠시 뜸을 들이고는 말했다.

"소니에르 씨가 직접 취한 자세입니다."

# 2장

    1.5킬로미터 남짓 떨어진 곳, 거구의 알비노가 다리를 절뚝이며 라 브뤼예르가에 있는 한 고급 저택의 대문에 들어서고 있었다. 그의 이름은 사일러스. 그는 가시가 박힌 띠를 허벅지에 두르고 있었다. 《길》의 진정한 추종자들은 예수가 십자가에서 겪은 고통을 영원히 기억하고자 뾰족한 철제 가시가 박힌 이 고통스러운 가죽 띠를 둘렀다. 사일러스는 주님께 봉사했다는 영혼의 만족감에 휩싸여 노래를 흥얼거렸다.

    사일러스는 다른 사람을 깨우지 않으려고 조용히 로비를 지나 계단을 올라갔다. 그의 침실 문은 열려 있었다. 이곳에서는 방문을 잠그지 못하게 했다. 그는 방으로 들어가 문을 닫았다.

    방은 단출했다. 단단한 목재 바닥, 소나무 서랍장 하나, 구석에 있는 잠자리용 천 매트 하나. 사일러스는 파리에 머무는 이번 주 내내 이곳에 기거할 예정이기도 했지만, 지난 몇 년 동안 뉴욕에서도 이와 비슷한 안식처에서 생활하는 은총을 입었다.

'주님께서는 나에게 거처와 삶의 목적을 주셨어.'

오늘 밤에야 사일러스는 지금까지의 빚을 갚기 시작했다는 기분이 들었다. 그는 서둘러 서랍장으로 다가가 맨 아래 칸에 숨겨 둔 휴대 전화를 꺼내 전화를 걸었다.

"예?"

남자 목소리가 응답했다.

"스승님, 돌아왔습니다."

"말해 보아라."

사일러스에게 소식을 듣게 되어 기뻐하는 기색이 묻어나는 목소리였다.

"네 명 모두 제거했습니다. 청지기 셋…… 그리고 수장인 **기사단장**까지."

기도하는 듯 잠시 침묵이 흘렀다.

"그럼 정보를 입수했겠구나."

"네 사람 모두 똑같은 말을 했습니다. 따로따로 말입니다."

사일러스는 잠시 뜸을 들였다. 자신이 살해한 사람들로부터 얻은 정보가 충격적이라는 사실을 잘 알았기 때문이다.

"스승님, 네 사람 모두 아치 이맛돌의 존재를 시인했습니다. 전설의 **쐐기돌** 말입니다."

수화기 너머로 헉하고 짧게 숨을 들이켜는 소리가 들렸다. 사일러스는 스승이 흥분한 것을 알아차렸다.

"쐐기돌이라……."

전해 내려오는 이야기에 따르면, 이 종교 조직은 자신들의 중대한 비밀을 숨긴 마지막 장소의 정보를 석판에 새겼다고 한다. 일종의 돌 지도인 셈인데, 이것을 '아치 이맛돌' 또는 '쐐기돌'이라고 불렀다. 바로 그것을 수호하기 위해 이 조직이 존재한다고 할 만큼 그 비밀은 엄청났다.

스승이 속삭였다.

"쐐기돌을 손에 넣게 되면, 우리는 한 걸음 더 나아가게 될 것이다."

"스승님이 생각하시는 것보다 훨씬 더 가까이까지 간 것 같습니다. 쐐기돌이 바로 여기, 파리에 있습니다."

"파리에? 믿을 수 없군. 일이 너무 술술 풀리는 듯한데."

사일러스는 저녁에 있었던 일들을 보고했다. 네 사람 모두 죽기 직전에 정확히 똑같은 말을 했다는 사실. 쐐기돌이 파리의 오래된 성당 중 하나인 생쉴피스 성당 내부의 정밀한 위치에 교묘하게 숨겨져 있다는 것 등을 이야기했다.

스승이 소리쳤다.

"주님의 집 안에! 우리를 아주 갖고 논 셈이구나!"

"몇 세기 동안이나 말입니다."

스승은 이 순간의 희열을 조금 진정시키려는 듯 침묵에 빠졌다. 이윽고 그가 입을 뗐다.

"자네는 하느님께 대단한 헌신을 했어. 사일러스, 이제 그 돌을 내게 가져와야 하네. 지금 당장. 오늘 밤에."

스승은 해야 할 일들을 사일러스에게 자세히 일러 주었다.

전화를 끊은 뒤, 사일러스는 설레는 마음에 온몸이 달떴다.
'한 시간.'

그는 그렇게 중얼거리면서 하느님의 집으로 들어가기 전에
속죄의 시간을 허락한 스승의 배려에 감격했다.

'오늘 저지른 죄악을 내 영혼에서 씻어 내야 해.'

그는 또 이렇게 속삭였다. '고통은 좋은 것이다.'

# 3장

파리를 가로질러 쌩쌩 내달리는 중앙사법경찰국 차의 창문으로 상쾌한 4월의 공기가 휘몰아쳤다. 운전석 옆자리에 앉은 랭던은 생각을 정리해 보려고 애썼다. 서둘러 샤워와 면도를 한 덕분에 겉모습은 그럭저럭 괜찮았지만, 그렇다고 해서 딱히 불안이 사그라들지는 않았다. 소니에르의 시신, 그 섬뜩한 이미지가 뇌리에 박혀 있었다.

'자크 소니에르가 죽었다.'

그의 죽음에 랭던은 깊은 상실감에 사로잡혔다. 소니에르는 은둔자로 유명했지만 예술에 대한 그의 헌신은 뭇 사람들의 존경을 불러일으켰으며, 랭던도 그와의 만남을 무척 고대한 터였다.

창밖의 도시는 이제 하루를 마감해 가고 있었다. 수레에 설탕 조림 아몬드를 싣고 가는 노점상들, 길가에 쓰레기봉투를 내놓는 식당 종업원들, 재스민 꽃향기를 실은 산들바람을 맞으며 서로의 온기를 간직하기 위해 꼭 부둥켜안은 채 심야 데이트를 즐기는 한 쌍의 연인 등이 보였다. 시트로엥은 혼잡한 도로를 기세 좋게 내달렸다. 두 개의 음이 빚어 내는 사이렌의 불협화음이 칼로 가르듯 차량 행렬을 두 동강 냈다.

"선생님이 오늘 밤 계속 파리에 머문다는 사실에 부장님이 몹시 기뻐했습니다."

콜레 반장이 차를 쏜살같이 몰아 유명한 튈르리 정원의 북쪽 출입구를 통과하면서 말했다. 튈르리 정원은 평소 랭던이 가장 신성한 땅으로 여기는 곳이었다. 화가 클로드 모네가 형태와 색상을 실험하는 등, 말 그대로 인상파 화가들의 출현에 영향을 끼친 곳이 바로 이 정원이었다.

콜레 반장이 요란한 사이렌을 끄자, 랭던은 갑자기 찾아든 정적을 음미하며 깊은 숨을 내쉬었다. 시토로엥은 이제 왼쪽으로 방향을 틀어 공원의 중앙 도로를 따라 서쪽으로 비스듬히 달렸다. 그리고 둥근 연못을 빙 돌아 적막한 도로를 가로질러 널찍한 사각형 안뜰로 들어섰다. 이제 튈르리 정원의 끝자락이 보였다. 아치 모양 통로가 뚫린 거대한 석조 구조물이 자리한 곳이었다.

카루젤 개선문.

예술을 사랑하는 사람들은 이곳을 숭배했다. 여기에서는 세계에서 가장 멋진 박물관 네 곳을 볼 수 있었다. 각각 동서남북에 하나씩 위치했다. 오른쪽 차창 밖 남쪽으로 화려하게 불을 밝힌 오래된 기차역의 정면이 보였다. 바로 유명한 오르

세 미술관이었다. 왼쪽으로 눈을 돌리자 초현대식 퐁피두 센터의 꼭대기가 보였다. 이 건물 안에는 파리 국립근대미술관이 있었다. 뒤돌아 서쪽을 보면 우듬지 위로 우뚝 솟은 람세스의 오벨리스크가 보인다는 것을 랭던은 알고 있었다. 이 오벨리스크는 죄드폼 국립미술관을 대표하는 유물이었다.

그러나 지금 랭던의 눈에 보이는 것은 바로 정면, 즉 동쪽에 자리한, 세계에서 가장 유명한 박물관이 된 르네상스 시대의 궁전이었다.

루브르 박물관.

거대한 말발굽 형태의 루브르 박물관은 유럽에서 가장 긴 건물로, 에펠탑 세 개를 눕혀 놓은 것보다 길었다. 건물은 파리의 하늘을 배경으로 요새처럼 솟아 있었다. 날개처럼 펼쳐진 건물 두 동 사이에 10만 제곱미터에 달하는 웅장한 광장이 자리할 정도로 규모가 어마어마했다. 랭던은 난생처음 루브르 박물관 둘레를 처음부터 끝까지 걸었던 일을 떠올렸다. 무려 5킬로미터에 달하는 행군이었다.

이 건물에 소장된 예술품 6만 5천3백 점을 제대로 감상하려면 5주가 소요된다는 계산이 있지만, 대부분의 관광객들은 랭던이 '미니 루브르'라고 부르는 단축 코스를 선택했다. 박물관 안을 단거리 경주하듯 다니며 가장 유명한 작품 세 점, 즉 〈모나리자〉와 대리석 조각품인 〈밀로의 비너스〉와 〈승리의 날개〉만 보는 것이다.

콜레 반장이 무전기를 꺼내더니 속사포처럼 프랑스어로 말했다.

"2분 후 랭던 씨가 도착할 예정입니다."

그러고는 랭던을 향해 말했다.

"중앙 출입구에서 부장님을 만나게 될 겁니다."

반장은 다시 시동을 걸더니 도로의 갓돌을 무시하고 차를 몰아 넘어갔다. 저 멀리 위풍당당하게 솟아 있는 루브르 박물관의 중앙 출입구가 보였다.

'피라미드.'

중국 출신의 미국인 건축가 I. M. 페이가 설계한 초현대식 유리 피라미드인 이 출입구는 많은 논란을 일으켰지만, 이제는 루브르 박물관 못지않게 유명해졌다.

"우리 피라미드가 마음에 드십니까?"

콜레 반장이 물었다.

랭던은 얼굴을 찌푸렸다. 유도 질문인 걸 알기 때문이었다. 마음에 든다고 답하면 천박하다고 할 테고, 마음에 안 든다고 말하면 프랑스를 모독하는 것으로 받아들일 테니 말이다.

"미테랑은 대담한 인물이었지요."

랭던은 애매하게 대답했다. 이 피라미드의 설계를 의뢰한 미테랑 전 대통령은 파리를 이집트의 오벨리스크, 예술품, 유물들로 채울 정도로 이른바 '파라오 콤플렉스'에 사로잡힌 인물로 알려졌다.

"부장님 성함이 어떻게 되지요?"

랭던은 화제를 바꾸려고 질문을 건넸다.

"브쥐 파슈입니다. 우리끼리는 '토로'라고 부르지요."

랭던은 콜레 반장을 힐끗 보며 말했다.

"황소요?"

콜레는 눈썹을 추어올렸다.

"말씀하신 것보다 프랑스어를 잘하시네요, 랭던 씨."

랭던은 생각했다.

'사실 프랑스어야 형편없지만, 그래도 황도 십이궁에 대해서는 좀 알지.'

점성술은 세계 어디에서나 거의 똑같았다. 열두 별자리 중 하나인 '토러스'는 언제나 황소였다.

반장은 차를 세운 뒤 두 분수 사이로 보이는 피라미드 측면에 위치한 커다란 회전문을 가리켰다.

"선생님을 이곳에 내려 주라는 지시를 받았습니다. 저는 다른 볼일이 있어서요. 행운을 빕니다."

랭던은 크게 한숨을 쉬고는 차에서 내려 중앙 출입구를 향해 성큼성큼 걸어갔다. 차는 순식간에 떠났다. 랭던이 유리문을 두드리려고 손을 들었을 때, 아래 어둠 속에서 누군가가 곡선형 계단을 올라왔다. 다부진 체격에 피부가 까무잡잡한 사내였다. 어깨는 딱 벌어지고 땅딸막한 다리는 힘이 넘쳐 보였다. 사내는 랭던에게 들어오라고 손짓했다.

"브쥐 파슈입니다."

랭던이 문을 밀고 들어서자 그가 신분을 밝혔다.

"중앙사법경찰국의 부장입니다."

외모에 걸맞게 점점 거세지는 폭풍처럼 우르릉거리는 듯한 목소리였다.

랭던은 손을 내밀어 악수를 청했다.

"로버트 랭던입니다."

파슈의 큼지막한 손이 랭던의 손을 바스러뜨릴 듯 힘껏 움켜쥐었다.

"랭던 씨."

부장의 검은 눈동자는 자동 추적 장치처럼 랭던에게 붙박여 있었다.

"가시죠."

# 4장

넓은 어깨를 뒤로 젖히고 턱을 가슴팍으로 바싹 당긴 채 걷는 브쥐 파슈 부장의 모습은 영락없이 성난 황소 같았다.

랭던은 그를 따라 유리 피라미드 아래에 있는 지하 아트리움(내부에서 하늘을 볼 수 있도록 천장을 유리로 처리한 현대식 건물 중앙 공간―옮긴이)으로 이어지는 유명한 대리석 계단을 내려갔다. 내려가는 길에 두 사람은 기관총으로 무장한 사법경찰 두 명 사이를 지나가야 했다. 오늘 밤 파슈 부장의 허락 없이는 누구도 이 박물관을 출입할 수 없다는 분명한 메시지다.

랭던은 밀려드는 불안감을 떨치려고 애썼다. 파슈의 태도는 전혀 호의적이지 않았으며, 이 시간에는 루브르 박물관마저도 흡사 무덤과 같은 음산한 분위기를 자아냈다. 깜깜한 영화관 복도처럼 계단 칸칸이 발길을 밝혀 주는 희미한 전등이 박혀 있었다. 랭던은 머리 위 유리에 부딪혀 울리는 자신의

발소리를 들었다. 힐끔 올려다보니, 물줄기가 잦아들고 있는
분수에서 물안개가 피어올라 어슴푸레 번져 갔다.

"그럴싸합니까?"

파슈가 사각턱으로 고갯짓을 하며 물었다.

랭던은 한숨을 쉬었다. 이제 이 놀이도 지긋지긋했다.

"네, 루브르의 피라미드는 정말 대단합니다."

파슈는 투덜거렸다.

"파리의 흉물이지요."

'한 방 맞았네.'

랭던은 자신을 초대한 상대가 만만치 않은 사람임을 직감
했다. 한편 이 피라미드가 미테랑 대통령의 분명한 지시에 따
라 정확히 666개의 유리판으로 만들어졌다는 사실을 파슈가
알고 있는지 궁금했다. 666을 사탄의 숫자라고 생각하는 광
적인 음모론자들 사이에서 줄곧 뜨거운 논쟁거리가 된 기이
한 요구였다.

랭던은 그 이야기는 꺼내지 않기로 마음먹었다.

조금 더 내려가 지하 로비에 들어서자, 짐승이 아가리를 떡
벌리고 있는 것 같은 공간이 어둠 속에서 서서히 모습을 드러
냈다. 지하 약 17미터 지점에 만들어진 면적 6천5백 제곱미터
의 로비는 끝없이 이어지는 동굴처럼 길게 뻗어 있었다. 위쪽
의 벌꿀 색 석재와 어울리는 따뜻한 황토 대리석으로 지어진
홀은 평소 햇빛과 관광객들로 생기가 넘쳤다. 하지만 황량하
고 깜깜할 뿐인 오늘밤에는 공간 전체가 차디찬 지하 묘지 같
은 분위기를 자아냈다.

랭던이 물었다.

"박물관 소속 경비원들은 어디에 있지요?"

"격리했소."

파슈는 자신의 조치에 의구심을 품은 질문이라도 받은 듯이 대답했다.

"오늘 밤 이곳에 들어와서는 안 되는 사람이 들어온 것이 명백하지 않습니까? 루브르의 야간 경비원들을 전원 조사하는 중입니다. 박물관의 야간 경비는 우리 요원들이 대신 맡고 있고."

랭던은 고개를 끄덕이고는 파슈와 보조를 맞추기 위해 발걸음을 재촉했다.

파슈 부장이 물었다.

"자크 소니에르와는 잘 아는 사이입니까?"

"사실 전혀 모릅니다. 한 번도 만난 적이 없거든요."

파슈는 놀란 표정을 지었다.

"오늘 밤에 처음 만나는 거였단 말입니까?"

"네. 제 강연이 끝나고 아메리칸 대학 리셉션에서 만나기로 했었죠. 그런데 끝내 나타나시지 않더군요."

파슈가 작은 수첩에 무엇인가를 적고 있을 때, 랭던의 눈에 조금 덜 알려진 루브르의 피라미드가 언뜻 보였다. 역피라미드. 뒤집힌 피라미드 형태로 종유석처럼 천장에 매달린 거대한 채광창이었다.

파슈가 랭던을 짧은 계단으로 안내해 올라가면서 불쑥 물었다.

"오늘 밤 만남은 누가 먼저 요청했지요? 선생입니까, 아니면 그 사람입니까?"

좀 이상한 질문이었다.

"소니에르 씨입니다."

두 사람은 이제 터널을 지나 루브르의 세 전시관 중 가장 유명한 드농관으로 들어섰다.

"그분의 비서가 몇 주 전 저에게 이메일을 보냈습니다. 비서가 전하기로는 소니에르 씨가 이번 달 파리에서 열리는 제 강연 소식을 듣고는 제가 여기에 머무는 동안 만나서 의견을 나누고 싶어 한다고 하더군요."

"무엇에 관한 의견을?"

"저도 모릅니다. 아마도 예술에 관한 것이겠지요. 관심 분야가 비슷하니까."

파슈는 미심쩍은 표정을 지었다.

"무엇 때문에 만나기로 한 건지 **모른단** 말이오?"

랭던은 정말로 몰랐다. 그때 궁금하기는 했지만 꼬치꼬치 캐묻는 게 내키지 않았다. 많은 존경을 받는 자크 소니에르는 사생활을 중시했고, 좀처럼 누군가와 약속을 잡지 않는 편이었다. 그를 만날 기회가 주어진 것만으로도 랭던은 그저 고마울 따름이었다.

"랭던 씨, 피살자가 살해된 날 밤에 당신을 만나 무엇을 의논하고 싶었는지 최소한 **짐작** 정도는 할 수 있지 않습니까? 그럼 큰 도움이 될 것 같은데."

날 선 질문에 랭던은 심기가 불편했다.

"정말 짐작도 안 갑니다. 묻지 않았으니까요. 저한테 연락이 온 것만으로도 그저 영광스러웠죠. 저는 소니에르 씨의 업적을 존경하는 팬입니다. 제 수업 시간에 그분의 저서를 자주 사용할 정도죠."

파슈는 방금 들은 내용을 수첩에 적었다.

이제 두 사람은 터널 모양의 드농관 입구를 반쯤 지나가고 있었다. 반대편 끝에 쌍둥이처럼 생긴 에스컬레이터 두 대가 멈춰 있었다. 파슈가 말했다.

"엘리베이터로 갈 겁니다. 당연히 잘 아시겠지만, 전시관은 걸어서 가기에는 꽤 멀어서."

파슈는 두툼한 손으로 머리를 빗어 넘겼다.

"소니에르와 관심 분야가 비슷하다고요?"

파슈의 물음과 함께 엘리베이터 문이 열렸다.

"네. 사실 작년에 책 원고를 하나 쓰느라고 많은 시간을 보냈는데, 바로 소니에르 씨의 전공 분야에 관한 책이었지요. 그래서 그 주제에 관해 그분의 생각을 배울 수 있으리라 기대했습니다."

"그렇군요. 그런데 그게 어떤 주제지요?"

랭던은 어떻게 설명해야 할지 난감해 머뭇거렸다.

"여신 숭배에 관한 주제입니다. 신성한 여성성이라는 개념 그리고 그와 연관된 예술과 상징의 문제지요."

"그런데 소니에르가 그에 대해 잘 알고 있었다는 거죠?"

"누구보다도 많이 알고 있었지요."

"그렇군요."

"아마도 자크 소니에르는 당신의 원고에 대해 알고 있었겠죠? 그래서 당신의 책에 도움을 주려고 만남을 청했을 테고."

랭던은 고개를 가로저었다.

"사실 제 원고에 대해 아는 사람은 아직 한 명도 없습니다. 아직 초고 상태이고, 편집자 말고는 아무한테도 안 보여 주었으니까요."

"당신과 소니에르 씨가……."

부장이 말하는 도중 엘리베이터가 움직이기 시작했다.

"얘기 나눈 적이 한 번도 없다고요? 연락한 적도? 우편으로 뭘 주고받은 적도 없어요?"

이 또한 이상한 질문이다. 랭던은 고개를 저으며 답했다.

"없습니다. 한 번도 없어요."

파슈는 그 사실을 마음속 수첩에 적기라도 하듯이 머리를 갸웃거렸다. 그러고는 입을 꾹 다문 채, 광택 나는 엘리베이터 문만 뚫어지게 바라보았다. 랭던은 반들거리는 엘리베이터 문에 비친 부장의 넥타이핀을 보았다. 검은 마노 열세 개가 박힌 은빛 십자가 모양의 넥타이핀이었다. 보석 열세 개가 박힌 십자가는 흔히 '크룩스 젬마타'라고 불리는 상징물로 그리스도와 열두 제자를 의미했다. 프랑스 경찰 간부가 자신의 종교를 이렇게 노골적으로 드러내 놓고 다니는 것이 랭던에게는 다소 뜻밖이었다. 하지만 다시 생각해 보니, 그리 이상할 것도 없었다. 기독교를 종교보다는 타고난 권리쯤으로 여기는 프랑스 아닌가.

엘리베이터가 덜컥거리며 멈춰 섰다. 랭던이 고개를 들어

보니, 자기를 빤히 바라보는 파슈의 눈이 엘리베이터 문에 반사되어 보였다.

랭던은 재빨리 복도로 걸어 나갔다. 하지만 몇 발 움직이지 못하고 깜짝 놀라 멈춰 섰다.

파슈는 주변을 쓱 훑어보며 말했다.

"랭던 씨, 관람 시간 이후 루브르를 둘러보신 적은 없을 것 같은데."

'그런 것 같네요.'

랭던은 속엣말을 중얼거리며 낯선 환경에 익숙해지려고 애썼다.

루브르 박물관의 전시관들은 천장이 높기로 유명하고 대체로 조명이 무척 환했다. 그러나 오늘밤에는 놀랍도록 캄캄했다. 벽 안쪽 바닥의 전등이 위를 향해 희미한 붉은 빛을 발하고, 타일이 깔린 바닥 곳곳에 붉은 불빛 조각들이 보일 뿐이었다.

랭던은 어두한 복도를 바라보며 왜 이런 광경을 미처 예상하지 못했을까 생각했다. 거의 대부분의 대형 미술관이 밤에는 관리용 붉은 조명만 켜 놓았다. 직원과 경비원 들이 돌아다니기에 적합하면서도 그림이 빛에 과다 노출되어 색이 바래지 않도록 상대적으로 어두운 곳에 보관하고자 낮은 곳을 국부적으로 비추는 조명을 택하는 것이다.

"이쪽입니다."

파슈는 오른쪽으로 방향을 홱 틀어 전시실 몇 개가 연결된 곳으로 들어섰다.

랭던은 파슈 뒤를 따라갔다. 눈이 어둠에 점차 적응하고 있었다. 곳곳에 걸린 커다란 유화들이 서서히 모습을 드러냈다. 마치 거대한 암실에서 사진이 현상되는 모습을 목도하는 것 같았다. 랭던은 걸음을 옮기면서 그림들이 눈을 부릅뜨고 자신을 지켜보는 듯한 기분에 빠져들었다. 벽 높다란 곳에 설치된 보안 카메라가 관람객들에게 전달하는 메시지는 분명했다.

'우리가 당신을 지켜보고 있습니다. 아무것도 손대지 마십시오.'

랭던이 카메라를 가리키며 물었다.

"저것들 중 진짜로 작동하는 게 있을까요?"

파슈는 고개를 가로저었다.

"물론 없지요."

랭던은 놀라지 않았다. 내부 면적이 수천 제곱미터에 달하는 루브르 박물관을 비디오 화면으로 감시하는 데에만 직원 수백 명이 필요할 테니 말이다. 요즈음은 대형 박물관 대부분이 봉쇄 보안 정책을 시행한다. '도둑 침입 방지는 포기하고, 침입자의 도주를 막아라.'

관람 시간이 끝나면 봉쇄가 시작되는데, 만약 침입자가 예술품을 떼어 내면, 그 전시실 주변의 출구가 봉쇄되어 경찰이 도착하기도 전에 그는 철문 안에 갇히게 된다.

대리석 복도에 사람들 목소리가 울렸다. 소리는 앞쪽 오른편의 우묵하게 들어간 구역에서 들려오는 것 같았다. 그곳에서 환한 불빛이 복도로 새어 나오고 있었다.

파슈 부장이 말했다.

"소니에르의 사무실입니다."

랭던은 파슈를 따라 짧은 복도를 지나서 소니에르의 화려한 사무실을 들여다보았다. 따뜻한 질감의 목재와 18세기 이전 거장들의 그림이 보였다. 경찰관 몇몇이 전화를 받거나 메모를 하면서 분주하게 움직였다. 한 경찰관은 소니에르의 거대한 골동 책상에 앉아 노트북 자판을 두드리고 있었다. 소니에르의 방에 임시 수사본부를 설치한 모양이었다.

"자, 다들."

파슈가 프랑스어로 소리치자 경찰관들이 돌아보았다.

"어떤 경우에도 우리를 방해하지 마. 알아들었지?"

랭던은 호텔 방문 앞에 프랑스어로 쓴 '방해하지 마시오'라는 팻말을 여러 번 내다 걸어 본 덕분에 부장이 프랑스어로 지시한 내용을 얼추 알아들었다. 파슈와 랭던이 방해 받을 일은 없을 것 같았다.

방 안에 있는 모두가 알았다고 고개를 끄덕였다.

파슈와 랭던은 일단의 요원들을 남겨 두고 어둑한 복도를 따라 좀 더 들어갔다. 30미터쯤 앞에 루브르에서도 가장 인기 있는 대화랑으로 이어지는 입구가 어렴풋이 보였다. 얼핏 끝간 데 없어 보이는 대화랑의 회랑에는 루브르 작품들 중에서도 가장 가치가 높은 이탈리아 걸작들이 전시되어 있었다. 랭던은 그곳에 소니에르의 시신이 있다는 것을 알았다. 쪽모이세공을 한 대화랑의 유명한 마룻바닥을 사진 속에서 똑똑히 보았기 때문이다.

좀 더 다가가자 입구를 가로막고 있는 거대한 철문이 보였다. 마치 중세의 성채에서 적의 습격을 막기 위해 설치한 쇠창살 같았다.

파슈가 철문으로 다가가며 말했다.

"봉쇄 보안 장치죠."

랭던은 쇠창살 사이로 희미하게 불을 밝힌 동굴 같은 대화랑을 들여다보았다.

"먼저 들어가시죠, 랭던 씨."

파슈는 마룻바닥을 가리켰다. 들어 올린 철문 아래로 60센티미터쯤 되는 틈이 나 있었다.

"아래로 기어서 들어가십시오."

랭던은 발치의 좁은 공간을 물끄러미 내려다본 뒤 거대한 철문을 올려다보았다.

'설마, 농담이겠지?'

철문은 침입자를 가루로 만들어 버리려고 단단히 벼르고 있는 단두대처럼 보였다.

파슈는 프랑스어로 뭐라고 툴툴거리며 손목시계를 보았다. 그러고는 무릎을 꿇더니 육중한 몸을 꿈틀대며 철문 아래로 잽싸게 들어가서는 철문 너머에서 몸을 일으켜 쇠창살 사이로 랭던을 바라보았다.

랭던은 한숨을 푹 쉬었다. 그는 반질반질한 바닥에 손바닥을 짚고는 배를 깔고 엎드린 채 몸을 앞으로 움직였다. 그런데 모직 코트 뒷자락이 문 하단에 걸리는 바람에 철문에 뒤통수를 찧고 말았다.

'참 날렵하기도 하지, 로버트.'

랭던은 속으로 자책한 다음, 한참을 바동거린 끝에 겨우 철문을 통과했다. 몸을 일으키면서 그는 기나긴 밤이 되리라고 예감했다.

# 5장

　오푸스 데이의 새로운 세계 본부는 뉴욕시 렉싱턴가 243번
지에 있다. 면적 1만 2천3백56제곱미터 이상인 이 고층 건물
에는 침실이 백 개가 넘고 식당이 여섯 개나 있으며, 그밖에
도 도서관, 거실, 회의실, 사무실 등이 있다. 17층은 전부 주거
용이다. 남자들은 렉싱턴가에 있는 중앙 현관으로 출입하고,
여자들은 옆 골목길로 출입한다. 이곳에서는 남녀가 늘 격리
되어야 한다.

　오늘 이른 저녁에 마누엘 아링가로사 주교는 자신의 성스
러운 펜트하우스에서 조그만 여행 가방을 꾸리고는 전통적인
검은색 사제복을 입었다. 손가락에는 주교용 14캐럿짜리 금
반지를 끼고 있었다. 이 금반지에는 자줏빛 자수정과 큼지막
한 다이아몬드가 박혀 있었으며, 손으로 직접 세공한 주교의
모자와 지팡이 문양이 새겨져 있었다.

아링가로사 주교는 오푸스 데이의 수장으로서 지난 10년 동안 '하느님의 사업'—라틴어로 '오푸스 데이'—이라는 메시지를 전파하는 일에 전념했다. 스페인의 성직자 호세마리아 에스크리바가 1928년에 창설한 이 단체는 그의 책 《길》에 상세히 기술된 엄격한 가톨릭의 가치로 돌아갈 것을 주장했다. 현재 이 책은 42개 언어로 번역되어 4백만 부 이상 판매되었다. 오푸스 데이는 지구상의 거의 모든 대도시에 생활관과 교육 센터, 심지어 대학까지 소유한 국제적인 단체로 성장했다. 천주교의 수장인 교황과 바티칸의 추기경들은 이 단체를 승인하고 축복해 주었다.

그러나 오푸스 데이의 부와 힘은 여러 의혹을 불러일으키기도 했다.

기자들은 종종 이렇게 도발적인 질문을 했다.

"많은 사람들이 오푸스 데이를 두고 신도들을 세뇌하는 이단이라고 말합니다. 또 어떤 사람들은 극단적으로 보수적인 가톨릭 비밀 결사 단체라고 주장하기도 합니다. 둘 중 어느 쪽이지요?"

주교는 인내심을 발휘하며 이와 같이 대답하곤 했다.

"어느 쪽도 아닙니다. 우리는 가톨릭교회입니다. 일상 가운데 가톨릭 교의를 엄격하게 따르고자 하는 가톨릭 신자들의 모임일 뿐입니다. 수많은 오푸스 데이 회원들이 가정을 이루고 지역 사회에서 하느님의 사업을 실천하고 있습니다. 또 우리의 시설 안에서 수도자의 삶을 살기로 서원하는 사람들도 있습니다. 이런 선택은 각자의 몫이지만, 오푸스 데이의 모든 사람들이 하느님의 사업을 행함으로써 더 나은 세상을 만든다는 목표를 공유하고 있습니다. 이는 존경받아 마땅한 종교적 탐구입니다.”

그렇지만 이성적 사고가 통하지 않는 경우가 허다했다. 언론은 스캔들을 좋아했으며, 큰 단체들이 흔히 그렇듯 오푸스데이 역시 조직 전체에 누를 끼치는 삐뚤어진 회원들이 일부 있었다. 이제 언론에서는 오푸스 데이를 ‘하느님의 마피아’나 ‘그리스도의 이단’이라고 지칭할 지경이 되었다.

아링가로사 주교는 이런 현실을 보며 생각했다.

‘사람들은 자신들이 이해하지 못하는 것을 두려워하는 법이지.’

하지만 다섯 달 전에 변화무쌍한 권력의 추가 심하게 흔들리고 말았다. 아링가로사는 아직도 그 충격에서 벗어나지 못한 채 휘청대고 있었다.

지금 주교는 로마로 향하는 비행기 창가 자리에 앉아 어두컴컴한 대서양을 내려다보고 있었다. 해는 이미 졌지만, 주교는 자신의 별이 다시 떠오르리라고 확신했다.

그는 불과 몇 달 전만 해도 자신이 그토록 무력감에 빠져 있었다는 사실이 새삼 믿기지 않았다. 그는 내심 이렇게 마음을 다잡았다.

‘오늘 밤 전투에서 승리할 것이다. 그들은 자신들이 무슨 싸움을 시작했는지도 모른다.’

순간 눈의 초점이 바뀌면서 창에 비친 어색한 얼굴에 시선이 머물렀다. 가무잡잡하고 길쭉한 얼굴에서 납작하고 굽은

콧날이 도드라져 보였다. 선교사로 활동하던 젊은 시절에 스페인에서 주먹에 맞아 코뼈가 주저앉은 탓이었다. 하지만 외모의 결함 따위는 이제 중요하지 않았다. 아링가로사의 세계는 육신이 아니라 영혼의 세계였다.

비행기가 포르투갈의 해안선을 넘어 날고 있을 때, 아링가로사의 주머니에 있는 휴대 전화가 진동했다. 주교는 이 전화를 놓쳐서는 안 된다는 것을 알았다. 이 번호를 아는 사람은 딱 한 명뿐이었다. 우편으로 이 전화기를 보내 준 사람.

주교는 흥분을 가다듬으며 차분하게 전화를 받았다.

"네?"

"사일러스가 쐐기돌의 위치를 알아냈소. 파리에 있소. 생쉴피스 성당 안이오."

아링가로사 주교는 미소를 지었다.

"그럼 바로 가까이에 있군요."

"곧 손에 넣을 수 있소. 하지만 당신의 영향력이 필요하오."

"물론이지요. 어떻게 하면 될지 말씀하십시오."


그로부터 800킬로미터 떨어진 곳, 알비노 사일러스가 조그만 세숫대야 앞에 서서 등을 씻고 있었다. 이것은 그의 개인적인 의식 가운데 하나였다.

'우슬초로 나를 정결케 하소서. 내가 깨끗이 되리이다. 나를 씻기소서. 내가 눈보다 더 희게 되리이다.'

사일러스는 〈시편〉의 구절을 읊조리며 기도를 올렸다.

지난 10년 동안 사일러스는 《길》이 인도하는 지침을 따르며 자신의 죄악을 씻어 내고…… 삶을 재건하고…… 폭력으로 얼룩진 과거를 지웠다.

'예수님의 가르침은 평화와…… 사랑의 메시지이다.'

이것이 그가 맨 처음 배운 교훈이었으며, 지금도 그것을 가슴속에 품고 있었다.

지금 그리스도의 적들은 그 메시지를 파괴하려고 한다.

'힘으로 하느님을 위협하는 자들에게는 힘으로 맞서리라.'

사일러스는 그렇게 중얼거렸다.

오늘 밤, 사일러스는 전쟁터로 부름을 받았다.

# 6장

보안용 철문을 간신히 빠져나온 로버트 랭던은 이제 루브르에서 가장 유명한 이탈리아 미술품들이 있는 대화랑 입구바로 안에 서 있었다. 전시장 양쪽으로 뻗어 있는 약 9미터 높이의 밋밋한 벽이 어둠 속으로 자취를 감추고 있었다. 위쪽을비추는 불그스름한 관리용 조명이 다빈치를 비롯해 위대한거장들의 정물화와 종교화 등 입이 쩍 벌어질 정도로 놀라운작품들에 칙칙한 빛을 부자연스럽게 드리웠다.

뭇 사람들로부터 이 전시관의 최고 걸작이라는 평가까지받는 쪽모이 바닥을 따라 움직이던 랭던의 눈길이 왼쪽으로채 몇 미터 떨어지지 않은 바닥에 놓인 뜻밖의 물체에 이르러멈추었다. 그것은 경찰이 둘러쳐 놓은 테이프에 에워싸여 있었다. 랭던은 파슈를 향해 몸을 홱 돌렸다.

"저건…… **카라바조**의 작품 아닙니까?"

파슈는 눈길도 주지 않은 채 고개를 끄덕였다.

랭던이 짐작하기에 2백만 달러 이상의 가치를 지닌 미술품이 버려진 포스터처럼 바닥에 내팽개쳐져 있었다.

"도대체 왜 저기에 있는 거죠?"

파슈는 랭던을 노려보며 대꾸했다.

"여긴 범죄 현장입니다, 랭던 씨. 우리는 아무것도 손대지 않았어요. 저 그림은 소니에르가 벽에서 떼어 낸 겁니다. 그래서 보안 시스템이 작동한 것이지요. 자신의 사무실에서 공격을 받은 그가 대화랑 안으로 도망친 다음 벽에 걸린 저 그림을 떼어 낸 것으로 보입니다. 그러자 곧바로 철문이 내려와 모든 접근을 차단한 거죠."

랭던은 어리둥절했다.

"그렇다면 소니에르 씨가 침입자를 대화랑 안에 가두었단 말입니까?"

파슈는 고개를 가로저었다.

"보안 철문은 소니에르와 침입자 **사이**로 내려왔어요. 살인자는 저 복도에서 철문을 통해 소니에르에게 총을 쐈고."

파슈는 방금 지나온 철문의 쇠창살에 달린 주황색 꼬리표를 가리켰다.

"소니에르는 이 안에서 홀로 죽었어요."

랭던은 눈앞에 있는 광활한 회랑을 살펴보았다.

"그럼 시신은 어디에 있지요?"

파슈는 십자가 모양의 넥타이핀을 바로잡은 뒤 걸음을 옮겼다.

"알다시피, 대화랑은 꽤 깁니다."

랭던의 기억이 정확하다면, 그 길이는 450미터가 넘었다. 랭던은 회랑을 따라 파슈를 뒤따르면서 수많은 걸작에 눈길한 번 제대로 주지 못하고 서둘러 지나치려니 죄스러웠다. 하지만 아직도 시신은 보이지 않았다.

"자크 소니에르가 이렇게나 **멀리** 갔습니까?"

"소니에르 씨는 복부에 총상을 입었습니다. 아주 천천히 숨을 거두었지요. 아마도 15분에서 20분 정도 걸렸을 겁니다. 아주 강인한 사람인 게 분명해요."

랭던은 오싹해하며 파슈에게 물었다.

"경비원들이 여기까지 오는 데 **15분**이나 걸리나요?"

"물론 아닙니다. 박물관 경비원들은 경보가 울리자마자 출동했고, 대화랑이 봉쇄된 것을 발견했습니다. 철문 너머 회랑 깊숙한 곳에서 누군가의 기척이 들리기는 했지만, 모습은 보이지 않았지요. 그들은 규정에 따라 우리에게 연락을 했습니다. 15분 안에 이곳에 도착한 우리는 아래로 들어갈 수 있을 만큼 철문을 들어 올렸고, 내가 무장한 부하 여남은 명을 안으로 투입했습니다. 그들은 침입자를 찾아내기 위해 전시장 안을 샅샅이 뒤졌습니다."

"그래서요?"

"안에서 아무도 찾아내지 못했습니다. 딱 한 사람만 빼고……."

파슈는 회랑 앞쪽을 가리켰다.

"바로 저 사람."

랭던은 고개를 들어 쭉 뻗은 파슈의 손가락을 따라 시선을 옮겼다. 회랑 30미터쯤 앞에서 이동식 스탠드 불빛이 하얗게 바닥을 비추었다. 깜깜한 전시실에 황량한 백색 섬 하나가 떠 있는 것 같았다. 그 빛 한복판에 큐레이터의 시신이 현미경 아래 놓인 곤충처럼 누워 있었다.

랭던은 온몸에 오한을 느끼며 시신 쪽으로 다가갔다. 눈앞에 펼쳐진 모습은 지금껏 본 적이 없을 정도로 기이하기 이를 데 없었다. 벌거벗은 자크 소니에르의 시신이 사진에서 본 것과 정확히 일치하는 모습으로 쭉모이 바닥에 누워 있었다. 시신은 기다란 전시실 방향과 완벽하게 평행을 이루었고, 팔다리는 바깥쪽으로 쫙 벌린 상태였으며, 옷가지는 옆에 가지런히 정돈되어 있었다. 복장뼈 바로 아래에 보이는 핏자국으로 총알이 박힌 지점을 알 수 있었다. 상처에서 난 피는 놀라우리만치 적었다. 검게 변한 피가 자그마한 웅덩이를 이루고 있었을 뿐이다.

소니에르의 검지에도 피가 보였다. 피를 잉크 삼고 벌거벗은 복부를 캔버스 삼아 그 손가락으로 기호를 남긴 듯했다.

기호는 직선 다섯 개를 교차해 만든 별 모양이었다.

'오각별이야.'

랭던은 짙은 불안감을 느꼈다.

'자신의 몸에 이것을 그리다니.'

"랭던 씨?"

파슈의 까만 눈동자가 다시 랭던에게 꽂혔다.

"저건 오각별입니다."

랭던의 목소리가 넓디넓은 공간에 공허한 울림처럼 퍼져 나갔다.

"지구상에서 가장 오래된 상징 가운데 하나입니다. 기원전 4천 년부터 사용되었지요."

"그럼 저게 무엇을 의미하는 겁니까?"

랭던은 평소에 이런 질문을 받을 때마다 머뭇거렸다. 어떤 상징의 '의미'를 설명하는 것은 어느 노래를 들었을 때의 느낌을 말하는 것과 같았다.

"상징은 경우에 따라 의미가 달라집니다. 기본적으로 오각별은 이교도의 종교적 상징입니다."

파슈는 고개를 끄덕였다.

"악마 숭배로군요."

"그건 아닙니다."

랭던은 그 즉시 자신이 단어를 잘못 선택했다는 것을 깨달았다. 오늘날 이교도라는 단어는 악마 숭배와 거의 같은 뜻이 되었지만, 이는 잘못된 생각이다. 이교도를 뜻하는 '페이건(pagan)'이라는 단어는 '파가누스(paganus)'라는 라틴어에서 유래했으며, 이 단어의 뜻은 '시골 사람'이다. 따라서 '이교도'는 원래 자연을 숭배하는 구습 시골 종교에 집착하는 사람을 의미했다. 랭던은 이렇게 설명했다.

"오각별은 기독교 이전 시대의 자연 숭배와 관련된 상징입니다. 고대 사람들은 세계가 남성과 여성, 두 가지로 이루어졌다고 생각했어요. 동양식으로 말하면 음과 양이지요. 남자와 여자가 균형을 맞추면 세상은 조화로워집니다. 균형이 깨지면 혼란이 생기고."

랭던은 소니에르의 배를 가리키며 말을 이었다.

"이 오각별은 세상 만물의 절반인 **여성**을 의미합니다. 종교 역사학자들이 '신성한 여성' 또는 '성스러운 여신'이라고 부르는 개념이지요. 다른 사람도 아니고 소니에르가 그것을 몰랐을 리가 없습니다."

"소니에르가 자기 배에 **여신**의 상징을 그렸단 말이오?"

랭던도 좀 이상하다는 것을 인정하지 않을 수 없었다.

"오각별은 비너스를 상징합니다. 여성의 성애와 미의 여신 말입니다."

파슈는 미심쩍은 눈길로 벌거벗은 시신을 보면서 끙 하고 신음했다.

"초기의 종교는 자연의 신성한 질서에 토대를 두었습니다. 비너스를 다른 어떤 이름으로 부르든 여신 비너스와 행성 비너스(금성)는 하나였고 동일했습니다."

파슈는 아까보다 더 골치 아픈 표정이었다. 차라리 그냥 악마 숭배로 갈음하는 게 속 편할 것 같다는 눈치였다. 파슈가 퉁명스럽게 말했다.

"랭던 씨, 오각별이 악마와 관계있는 것 **또한** 명백한 사실이잖소? 당신네 미국 공포 영화에 잘 나오던데."

랭던은 눈살을 찌푸렸다.

'고맙군, 할리우드.'

꼭짓점이 다섯 개인 별은 오늘날 악마 숭배자를 다루는 영화에서 거의 단골로 등장한다. 랭던은 오각별 상징이 그런 식으로 쓰이는 것을 볼 때마다 당혹스러웠다.

"분명히 말씀 드리죠. 영화는 영화일 뿐, 오각별을 악마와 연결시킨 것은 역사적으로 잘못된 해석입니다. 오각별의 상징성은 수천 년에 걸쳐 왜곡되었어요. 이번 경우에는 죽음을 부른 피 때문에 왜곡되고 있고요."

"당최 무슨 말인지……."

랭던은 파슈의 십자가 넥타이핀을 힐끗 보면서 다음 논점을 어떻게 설명해야 할지 몰라 주춤했다.

"교회 말입니다, 부장님. 상징들은 웬만해서는 변하지 않습니다만, 오각별은 초기 로마 가톨릭교회에 의해 큰 변화를 겪었습니다. 다른 종교를 몰아내고 대중을 기독교로 개종시키기 위해 바티칸이 벌인 종교 운동 중 하나죠. 교회는 이교도의 신들을 공격하고 그들의 상징을 사악한 것으로 보는 운동을 전개했습니다."

"계속해 보시오."

"격동기에 빈번히 벌어지는 현상이지요. 새로 등장한 권력은 기존의 상징들을 장악해서 시간을 두고 그것들의 의미를 바꾸어 버립니다. 이교도의 상징과 기독교의 상징 사이에 빚어진 전쟁에서 이교도가 패배한 것으로 보면 됩니다. 포세이돈의 삼지창은 악마의 쇠스랑으로, 지혜로운 할머니의 뾰족한 모자는 마녀의 상징으로, 비너스의 오각별은 악마의 표시로 인식되어 버렸지요."

"흥미롭군요."

파슈는 날개 펼친 독수리 같은 시신을 향해 고갯짓을 하며 내처 말했다.

"그렇다면 소니에르가 취한 자세는? 그에 대해 어떻게 생각하시오?"

랭던은 어깨를 으쓱했다.

"하나의 상징을 반복하는 것은 그 속에 내포된 의미를 강조하기 위함이지요. 자크 소니에르는 자신의 몸으로 꼭짓점이 다섯인 별 모양을 만든 겁니다."

파슈는 소니에르의 팔다리와 머리가 만들어 낸 꼭짓점 다섯 개를 눈으로 좇으며 다시 한 번 머리를 쓸어 넘겼다.

"그럼 저 **알몸**은? 도대체 옷은 왜 벗은 거요?"

파슈는 나이 든 남자의 나체가 눈에 거슬리는 듯 퉁명스러운 어투로 물었다.

'당연한 질문이야.'

랭던 또한 사진을 처음 본 순간부터 줄곧 같은 의문을 품고 있었다.

"파슈 부장님, 소니에르 씨가 왜 자기 몸에 저 상징을 그렸는지, 왜 저런 식의 자세를 취했는지에 대해서는 확실히 말할 수 없지만, 이 점만은 분명히 **말할 수 있습니다**. 자크 소니에르 같은 분이라면 오각별이 신성한 여성을 나타내는 표시임을 틀림없이 고려했을 겁니다."

"그럼 자신의 피를 잉크로 사용한 것은?"

"그야 당연히 다른 방법이 없었기 때문이겠지요."

파슈는 잠시 침묵을 지켰다가 입을 뗐다.

"사실 나는 경찰로 하여금 특정한 법의학 절차를 밟도록 유도하기 위해 피를 사용했다고 믿고 있어요. 그의 왼손을 보시오."

파슈는 소니에르의 왼손을 가리켰다.

뭐라 대꾸해야 할지 머뭇거리던 랭던은 시신을 빙 둘러보기도 하고 웅크려 앉아 살펴보기도 하다가 소니에르가 손에 쥐고 있는 커다란 펠트펜을 보고는 깜짝 놀랐다.

"그가 발견되었을 때 그 펜을 손에 쥐고 있었지요."

파슈는 그렇게 말하고는 랭던을 내버려 둔 채 몇 미터쯤 떨어진 곳에 있는 이동식 탁자로 걸어갔다. 탁자는 각종 수사 장비와 전선, 전자 장치 등으로 뒤덮여 있었다.

"아까도 말했듯이……."

파슈가 탁자 위를 뒤적거리며 말했다.

"우리는 아무것도 손대지 않았어요. 이런 종류의 펜에 대해 잘 알고 있습니까?"

랭던은 무릎을 꿇은 채로 몸을 더 숙여 펜의 상표를 살펴보았다.

**'스틸로 데 뤼미에르 누아르(STYLO DE LUMIÈRE NOIRE)'**

랭던은 깜짝 놀라 고개를 들었다. '블랙라이트 펜' 또는 '스타일러스 펜'이라고 부르는 이것은 원래 박물관 관계자나 예술품 복원 전문가, 위조품을 조사하는 경찰관이 보이지 않는 표시를 남길 때 사용하는 특수한 펠트펜이다. 부식되지 않으며 알코올성 형광 잉크를 사용하기 때문에 불가시광선에 비춰야만 보인다. 요즈음은 박물관의 유지 보수 담당자들도 일일 순찰 시에 이 펜을 들고 다니면서 보수가 필요한 작품의 액자에 눈에 보이지 않게 표시를 해 둔다.

랭던이 일어서자, 파슈는 조명등으로 가서 불을 껐다. 순식간에 전시실이 깜깜한 어둠에 잠겼다. 잠시 뒤, 파슈가 휴대용 조명 기구를 들고 다시 나타났다.

파슈의 눈이 보라색 불빛을 받아 괴기스럽게 번뜩였다.

"아시는지 모르겠지만, 경찰은 사건 현장에서 혈액이나 다른 법의학적 증거를 찾기 위해 불가시광선을 사용합니다. 이제 우리가 얼마나 놀랐을지 실감하실 겁니다……."

그는 돌연히 시신 쪽으로 불빛을 비추었다.

아래를 내려다본 랭던은 경악을 금치 못했다.

손으로 갈겨쓴 소니에르의 글이 시신 옆에서 보랏빛으로 반짝이고 있었다. 불빛에 일렁거리는 글자들을 유심히 보면서 랭던은 이 밤을 자욱하게 에워싼 안개가 더욱더 짙어지는 듯한 기분에 사로잡혔다.

랭던은 재차 글귀를 읽은 뒤 파슈를 올려다보았다.

"맙소사, 도대체 이게 무슨 뜻입니까?"

파슈의 눈이 하얗게 빛났다.

"랭던 씨, **바로 그** 의문을 당신이 풀어야 합니다."

# 7장

생쉴피스 성당의 본관 2층 성가대석 왼쪽에는 단출한 숙소가 있었다. 상드린 비에유 수녀는 10여 년 전부터 그곳에 기거했다. 예순 살인 이 수녀는 그 공간을 꽤나 편안해했다.

상드린 수녀는 성당 관리 책임자로서 전반적인 건물 관리를 비롯해 직원이나 안내원 고용, 일과 후 건물 지키기, 성찬식용 포도주와 성체 주문 등 거의 모든 잡무를 도맡았다.

오늘 밤, 작은 침대에서 자고 있던 수녀는 날카로운 전화벨 소리에 잠에서 깨어나 지친 몸짓으로 수화기를 들었다.

"생쉴피스 성당 상드린 수녀입니다."

"안녕하세요, 수녀님?"

프랑스어로 말하는 남자 목소리가 들렸다.

상드린 수녀는 몸을 일으켜 앉았다.

'지금 몇 시지?'

주임 신부의 목소리를 못 알아들을 리야 없지만, 지난 15년 동안 취침 중에 그의 전화를 받은 적은 한 번도 없었다. 이 신부는 미사가 끝나자마자 집으로 돌아가 잠자리에 드는 지극히 경건한 사람이었다.

"잠을 깨웠다면 미안합니다, 수녀님."

신부의 목소리 또한 무척 피곤하게 들렸고 난처한 기색이 전해졌다.

"부탁이 있어서요. 방금 영향력 있는 미국인 주교님에게서 전화가 왔습니다. 아마 수녀님도 아실 겁니다. 마누엘 아링가로사라고."

"오푸스 데이의 수장 말씀이세요?"

'알고말고. 성당에 몸담은 사람 중에 그를 모를 사람이 있을까?'

상드린 수녀는 오푸스 데이가 못마땅했다. 그들의 여성관이 가장 좋게 말해 중세적이기 때문이었다. 남자 수도사들이 미사에 참석하는 동안 여자 수도사들은 무보수로 그들의 거처를 청소해야 한다는 이야기를 듣고 얼마나 놀랐는지 모른다. 남자들은 돗짚자리에서 잠을 자는 반면, 여자들은 차디찬 마룻바닥에 자야 한다는데…… 그게 다 원죄에 대한 속죄를 위해서라나. 수녀는 또한 오푸스 데이가 최근 몇 년 사이에 갑자기 더 강력해졌다는 사실을 알고 있었다. 적지 않은 사람들이 주장하듯이, 이 부유한 종파가 거의 10억 달러라는 거액을 이른바 '바티칸 은행'으로 알려진 바티칸의 종교사업협회에 기부한 후에 벌어진 일이었다.

"아링가로사 주교님이 나한테 부탁을 하나 하더군요. 그쪽 수도사 한 명이 오늘 밤에 파리에 있는데…… 그 양반이 생쉴 피스 성당을 직접 보는 것을 늘 꿈꿔 왔답니다."

"한밤중에요? 하지만 낮이 훨씬 더 볼만할 텐데요."

"그러게 말입니다, 수녀님. 하지만 내 개인적인 부탁으로 생각하고 그분을 좀 들여보내 주세요. 아마…… 한 시쯤? 그러니까 20분 정도 남았네요."

상드린 수녀는 눈살을 찌푸렸다.

"당연히 그래야지요. 기쁜 마음으로 그리하겠습니다."

신부는 고맙다고 인사한 뒤 전화를 끊었다.

상드린 수녀는 침대 아래로 두 다리를 내리고는 천천히 일어섰다. 맨발바닥에 느껴지는 돌바닥의 냉기에 소름이 돋았다. 살을 타고 소름이 퍼지는 가운데 수녀는 예기치 않은 불안감을 느꼈다.

'여자의 직감인가?'

하느님의 종인 상드린 수녀는 자신의 영혼이 들려주는 차분한 목소리에서 평화를 찾는 법을 터득했다. 그런데 오늘 밤 영혼의 목소리는 텅 빈 성당만큼이나 적막한 침묵을 지킬 뿐이었다.

# 8장

랭던은 보라색으로 빛나는 바닥의 글귀에서 눈을 뗄 수 없었다. 자크 소니에르가 세상에 마지막으로 남긴 메시지는 랭던이 상상할 수 있는 그 어떤 유언과도 거리가 멀었다.

메시지는 다음과 같았다.

13-3-2-21-1-1-8-5

아, 드라콘 같은 악마여(O, Draconian devil)!

오, 절름발이 성인이여(Oh, lame saint)!

랭던은 이 메시지가 무슨 의미인지 아예 갈피를 잡지 못했지만, 오각별이 악마 숭배와 관련 있을 것이라던 파슈의 직감을 이제야 이해할 수 있었다.

'아, 드라콘 같은 악마여!'

소니에르는 명시적으로 악마를 언급했다. 나열된 숫자 또한 이에 못지않게 기이했다.

"숫자 암호 같기는 한데."

그 말에 파슈가 대꾸했다.

"그렇지요. 우리 암호 전문가들이 이미 해독 작업 중입니다. 우리는 이 숫자가 살인범을 밝혀낼 열쇠라고 믿고 있어요. 아니면 전화번호나 신분증 번호 같은 것일까요? 당신이 보기에 숫자에 어떤 상징적인 의미가 있는 것 같습니까?"

랭던은 다시 숫자를 보았다. 순전히 무작위로 배열된 것 같았다. 숫자가 상징체계의 일부로 사용되는 경우에는 대개 수열처럼 특정한 규칙성을 보이기 마련이다. 하지만 여기에 있는 오각별과 글귀와 숫자는 서로 무관해 보였다.

파슈가 말했다.

"당신은 아까 소니에르가 여기에서 한 모든 행동이 어떤 메시지를 전하기 위한 것이라고 했지요? 여신 숭배나 뭐 그와 유사한 것 말입니다. 그렇다면 이 메시지는 왜 있는 것이죠?"

파슈는 잠시 말을 멈추었다가 덧붙였다.

"이 글귀는 범인의 정체를 암시하는 것처럼 보이죠. 그렇지 않나요?"

랭던은 죽음을 눈앞에 둔 채 대화랑에 홀로 갇혀 마지막 십 몇 분을 보냈을 소니에르의 모습을 상상해 보려고 애썼다. 파슈의 말이 일리가 있었다.

"살인자의 정체를 암시한다, 말이 되는 것 같습니다."

"내 임무는 당연히 그 사람의 이름을 밝혀내는 겁니다. 한

가지 물어봅시다, 랭던 씨. 당신이 보기에 이 메시지에서 숫자 말고 유독 이상한 점은 뭡니까?"

'유독 이상한 점?'

죽어 가는 사람이 자신을 스스로 전시실 안에 가두고, 옷을 벗고, 오각별을 그리고, 바닥에 불가사의한 고발 글을 남겼다. 이 가운데 **이상하지 않은** 게 하나라도 있을까?

"소니에르는 프랑스 사람입니다."

파슈가 단언하고는 말을 이었다.

"파리에 살았지요. 그런데 이 메시지는⋯⋯."

"영어로 썼지요."

랭던은 이제야 파슈의 질문 의도를 간파했다.

파슈는 고개를 끄덕였다.

"바로 그겁니다. 왜 그랬을까요?"

랭던은 소니에르가 영어를 완벽하게 구사한다는 사실을 알았다. 하지만 그가 왜 마지막 말을 영어로 남기기로 마음먹었는지는 알 길이 없었다. 랭던은 모르겠다는 뜻으로 어깨를 으쓱였다.

파슈는 다시 소니에르의 복부에 그려진 오각별을 가리켰다.

"악마 숭배와 무관하다? 여전히 그렇게 확신하시오?"

랭넌은 이제 아무것도 확신할 수 없었다.

"기호와 문장이 서로 잘 들어맞지 않는 것 같군요. 별 도움을 주지 못해 미안합니다."

"혹시 이걸 보면 좀 더 명확해질지 모르겠군요."

파슈는 시신에서 물러나 불가시광선 전등을 쳐들어 불빛

각도를 더 넓혔다.

"자, 어떻습니까?"

랭던은 화들짝 놀랐다. 소니에르의 시신 주위로 엉성하게 그린 원이 빛에 반짝였기 때문이다. 소니에르는 손에 펜을 쥐고 누운 채로 팔을 돌려 몇 개의 호를 그림으로써 자신이 그 원 속에 누워 있는 모양새를 만들었던 것이다.

순식간에 의미가 명확해졌다.

"〈비트루비우스의 인체 비례〉."

랭던이 막힌 숨을 터뜨리듯이 말했다.

다빈치의 〈비트루비우스의 인체 비례〉는 세계 곳곳에서 포스터, 마우스 패드, 티셔츠 등을 장식하는 현대 문화의 아이콘이 되었다. 이 유명한 스케치는 팔다리를 독수리 날개처럼 활짝 뻗은 나체의 남자가 완벽한 원에 둘러싸인 형태다.

'다빈치.'

랭던은 놀라움에 전율했다. 소니에르의 의도는 부정할 여지 없이 명확했다. 삶의 마지막 순간에 큐레이터는 옷을 벗고 레오나르도 다빈치의 가장 유명한 스케치를 실제 몸으로 재현했던 것이다.

빠져 있던 결정적인 요소 하나가 바로 원이었다. 보호를 의미하는 여성적 상징의 원이 벌거벗은 남자의 몸을 감쌈으로써 다빈치가 의도한 남성과 여성의 조화를 완성했다. 다만 문제는 도대체 왜 소니에르가 이 유명한 스케치를 재현했는가 하는 점이었다.

"랭던 씨, 당신 같은 사람은 레오나르도 다빈치의 예술이

적지 않게 마법적인 성향을 보인다는 사실을 잘 알고 있을 테지요."

랭던은 다빈치에 대한 파슈의 지식에 놀랐다. 부장이 애초에 악마 숭배를 들먹인 것도 상당 부분 이해가 되었다. 다빈치는 늘 역사학자들에게, 특히 기독교 전통에 충실한 학자들에게 골치 아픈 주제였다. 이 천재 예술가는 동성애자였다. 인체 해부를 연구하기 위해 시신을 훼손하기도 했다. 거꾸로 쓴 해독 불가한 글씨로 수수께끼투성이 일기를 쓰기도 했다. 또한 연금술을 이용해 납을 금으로 바꿀 수 있으며, 죽음을 늦추는 묘약을 만들어 신을 속일 수도 있다고 믿었다.

'오해는 불신을 낳는 법.'

랭던은 그런 생각을 하면서 입을 뗐다.

"부장님의 우려는 이해합니다. 하지만 다빈치는 마법적 요소가 있는 어떤 예술도 행한 적이 없어요. 자신의 신념 때문에 교회와 갈등을 빚기는 했지만 누구보다도 영적인 사람이었지요."

랭던은 신중하게 표현을 골라 말을 이었다.

"사실 소니에르의 관점은 다빈치의 관점과 상당히 유사한데……, 교회가 여신을 악마로 묘사하는 것에 대한 당혹감도 포함해서요."

파슈의 눈이 경직됐다.

"지금 소니에르가 교회를 절름발이 성인과 드라콘 같은 악마로 표현했다고 생각하는 건가요?"

랭던은 자신이 한 말이 그다지 설득력 없어 보인다고 생각했다.

"제가 말하고 싶은 건 이겁니다. 소니에르 씨는 여신의 역사를 연구하는 데 일생을 바쳤다는 것. 그리고 그런 역사를 지워 버리려고 가장 애쓴 게 바로 가톨릭교회라는 것. 따라서 소니에르가 마지막 작별 인사로 그 실망감을 표현했다는 추측이 합리적일 거라는 거죠."

"실망감?"

파슈의 가시 돋힌 목소리는 이제 적대적으로 들렸다.

"이 메시지는 실망감보다는 **분노** 쪽에 더 가까운 듯한데, 그렇지 않소?"

그렇게 말하는 파슈의 턱은 굳어 있었다.

"랭던 씨, 직업상 수많은 시신을 보아 온 사람으로서 한마디 하겠소. 살해당하는 사람이 마지막으로 아무도 알아듣지 못할 애매모호한 영적 진술을 쓰다니, 나는 믿지 못하겠소이다. 내가 보기에 그는 딱 한 가지만 생각했을 것 같소."

파슈의 속삭이는 듯한 목소리가 공기를 갈랐다.

"복수. 소니에르는 우리에게 자신을 죽인 범인을 알리기 위해 이 메시지를 남긴 거요."

랭던은 파슈를 빤히 보며 말했다.

"하지만 그건 말이 안 됩니다."

"그래요?"

"그렇죠."

랭던은 피로와 좌절감을 느끼며 맞받아쳤다.

"부장님 말에 따르면, 소니에르는 자기 사무실에서 자신이 초대한 손님으로 추정되는 사람한테 공격을 받았습니다."

"그렇죠."

"그렇다면 그는 범인을 알고 있었다고 봐야겠죠."

파슈는 고개를 끄덕였다.

"계속해 보시오."

"만약 소니에르가 자신을 죽인 범인을 **알고** 있었다면, 굳이 이 모든 일을 했을까요?"

랭던은 바닥을 가리키며 말을 이었다.

"숫자 암호? 절름발이 성인? 드라곤 같은 악마? 배에 그린 오각별? 하나같이 수수께끼 같지요. 아니죠. 소니에르가 범인을 알리려 했다면 그냥 그 사람의 **이름**을 썼을 겁니다."

랭던의 말을 듣던 파슈의 입가에 이날 밤 처음으로 희미한 미소가 번졌다.

"정확한 지적입니다."

파슈는 프랑스어로 그렇게 말했다.


멀지 않은 소니에르의 사무실, 콜레 반장이 소니에르의 큼지막한 책상 앞에 몸을 옹그리고 서 있었다. 소니에르의 책상 구석에서 자신을 빤히 보고 있는 것 같은, 기이한 로봇처럼 생긴 중세 기사상만이 조금 거슬릴 뿐 콜레는 마음이 편안했다. 그는 헤드폰을 바로잡고 하드 디스크 녹음 장치의 입력 상태를 점검했다. 모든 시스템이 정상적으로 작동하고 있었다. 대화랑 안에서 나누는 대화가 아주 또렷하게 녹음되는 중이었다.

반장은 이제 노트북 컴퓨터로 몸을 돌려 위성 추적 장치
(GPS)를 점검했다. 화면에는 소니에르의 시신이 있는 전시실
의 상세한 평면도가 띄워져 있었다.

　대화랑 한복판에 작고 붉은 점이 깜빡거렸다.

　'표적'.

　파슈는 오늘 밤 자기 먹잇감의 목에 밧줄을 단단히 조이고
있었다. 그것도 지능적으로 무척 교묘하게. 로버트 랭던은 좀
처럼 감정을 드러내지 않는 냉철한 사람인 듯했다.

# 9장


브쥐 파슈는 랭던과의 대화를 방해받지 않도록 휴대 전화를 꺼 두었다. 하지만 유감스럽게도 그의 전화기는 송수신 무전 기능이 있는 고급 모델이었다. 그 바람에 그의 지시를 거스른 부하 한 명이 무전으로 호출했다.

"부장님?"

휴대 전화가 진짜 무전기처럼 찌지직거렸다.

화가 치민 파슈는 자기도 모르게 이를 악물었다. 그러고는 랭던을 향해 잠시 양해해 달라는 표정을 차분하게 지었다.

"잠깐 실례하겠습니다."

그는 허리띠에서 휴대 전화를 꺼내 들고 무전 송신 버튼을 눌렀다.

"뭐야?"

"부장님, 암호 해독반 요원이 도착했습니다."

순식간에 파슈의 격한 감정이 누그러졌다.

'암호 해독 요원이 도착했다고?'

반가운 소식이었다. 파슈는 소니에르가 적은 수수께끼 같은 글을 발견한 뒤 그 의미를 알아낼 수 있을지도 모른다는 희망을 품고 현장 사진을 찍어 암호 해독반에 보냈었다. 따라서 암호 해독 요원이 도착했다면, 누군가가 소니에르의 메시지를 해독했을 가능성이 높았다.

"지금 당장은 바빠."

파슈는 불편한 심기를 감추지 않고 말했다.

"수사본부에서 기다리라고 해. 여기 일 끝나면 녀석을 만나 볼 테니까."

"남자가 아니라 여자입니다. 느뵈 요원입니다."

그 말에 파슈는 더욱 불쾌해졌다. 서른두 살인 소피 느뵈는 2년 전에 정부 부처가 여성 경찰 비중을 늘리는 과정에서 파슈에게 떠맡긴 골칫덩이였다.

무전기 속의 남자가 말했다.

"느뵈 요원이 지금 당장 부장님과 얘기해야 한다고 고집피웠습니다. 막으려 했지만 방금 그쪽 전시실로 갔습니다."

파슈는 믿기지 않아 움찔했다.

"누구 맘대로! 내가 분명히 말했잖아……."

"실례합니다, 두 분."

랭던 뒤에서 여자가 프랑스어로 말을 건넸다. 뒤를 돌아보니, 젊은 여자가 다가오고 있었다. 숱 많은 포도주색 머리칼이 어깨 위로 찰랑거리고, 검은 레깅스 위에 무릎길이 크림색

아란 스웨터를 입은 캐주얼한 차림새였다.

랭던은 여자가 곧장 자기에게 다가와 정중하게 손을 내미는 바람에 놀랐다.

"랭던 씨, 저는 암호 해독반의 소피 느뵈 요원입니다. 만나서 반갑습니다."

프랑스어 억양이 조금 섞인 영국 영어였다.

그녀의 부드러운 손을 잡는 순간 랭던은 그녀의 강렬한 시선에 사로잡히는 듯했다. 올리브색 눈동자가 무척 맑고 예리해 보였다.

그녀는 재빨리 몸을 돌려 브쥐 파슈를 바라보았다.

"부장님, 방해해서 죄송합니다. 하지만……."

"지금 때가 어떤 때인데!"

파슈가 식식거리며 프랑스어로 말했다.

"부장님께 전화를 드리려고 했는데……."

소피는 랭던을 염두에 둔 까닭인지 계속 영어로 말했다.

"제가 숫자 암호를 풀었습니다."

랭던은 흥분감에 맥박이 빨라지는 것을 느꼈다.

'이 여자가 암호를 풀었다고?'

소피가 말했다.

"설명하기 전에 랭던 씨에게 긴급히 전할 밀이 있습니다."

파슈는 짙은 불안감을 드러냈다.

"랭던 씨에게?"

소피는 고개를 끄덕이며 랭던 쪽으로 고개를 돌렸다.

"랭던 씨, 미국 대사관에 전화하셔야 해요. 미국에서 무슨 연락이 왔나 봐요."

랭던은 깜짝 놀랐다. 암호에 대한 흥분감은 불현듯 찾아온 근심거리에 사그라들었다.

'미국에서 연락이 왔다고?'

랭던은 누가 연락을 했을지 생각해 보았다. 그가 파리에 와 있다는 것을 아는 동료는 몇 명 안 되었다.

새로운 소식에 파슈의 사각 턱이 더욱더 굳어졌다.

"미국 대사관?"

그는 의심 어린 말투로 따져 물었다.

"랭던 씨가 **여기** 있는 걸 그들이 어떻게 알지?"

소피는 어깨를 으쓱했다.

"랭던 씨가 묵은 호텔로 전화했나 보죠. 거기서 사법경찰이 랭던 씨를 데려갔다는 이야기를 들었을 테고요. 그다음에는 담당 경찰이 저한테 랭던 씨에게 메시지가 왔다면서 전해 달라고 했고요."

파슈는 뭐가 뭔지 모르겠다는 듯 이맛살을 더욱 짙게 찌푸렸다. 파슈가 다시 입을 열었을 때, 소피는 이미 랭던을 향해 돌아서 있었다.

소피가 주머니에서 작은 종이쪽지를 꺼내 들며 말했다.

"랭던 씨, 이건 대사관의 메시지 전달 서비스 전화번호예요. 최대한 빨리 연락해 달라고 했어요."

소피는 랭던을 뚫어지게 바라보며 쪽지를 건넸다.

"제가 파슈 부장님께 암호를 설명하는 동안 전화하시면 되겠네요."

소피는 스웨터 주머니에서 휴대 전화를 꺼내려고 했다.

파슈가 소피에게 비키라며 팔을 휘저었다. 이제 그는 폭발 직전의 화산 같았다. 그는 소피에게서 눈을 떼지 않은 채로 자신의 휴대 전화를 꺼내 랭던에게 건넸다.

"이 전화가 안전합니다, 랭던 씨. 이걸 쓰시오."

파슈는 몇 발짝 떨어져 있는 소피에게 성큼성큼 걸어가더니 낮은 음성으로 뭐라고 말했다.

랭던은 파슈가 점점 더 마음에 들지 않았다. 그는 휴대 전화의 전원을 켠 다음, 소피에게 건네받은 전화번호를 눌렀다. 구내 연결 번호가 있는 파리의 전화번호였다.

신호음이 울리기 시작했다.

한 번…… 두 번…… 세 번…….

마침내 전화가 연결되었다.

랭던은 대사관 교환원이 응대할 거라고 예상했지만 뜻밖에도 자동 응답기에 녹음된 목소리가 들렸다. 그런데 신기하게도 목소리가 귀에 익었다. 바로 소피 느뵈의 목소리였다! 어리둥절해진 랭던은 소피를 돌아보았다.

"느뵈 씨, 미안하지만 당신이 준 번호가……."

"아뇨, 그 번호 맞아요."

소피는 랭던이 혼란스러워할 것을 예상했다는 듯이 재빨리 랭던의 말허리를 잘랐다.

"대사관에 자동 응답 시스템이 갖춰져 있어요. 선생님 앞으로 남겨진 메시지를 확인하려면 접속 번호를 눌러야 해요."

랭던은 소피를 물끄러미 바라보았다.

"하지만……."

"세 자리 숫자예요. 아까 제가 드린 쪽지에 적혀 있죠?"

소피는 조용히 하라는 듯이 강렬한 눈빛으로 랭던을 쏘아 보았다. 소피가 눈짓으로 보낸 메시지는 분명했다.

'묻지도 따지지도 말고 제발 시키는 대로 하세요.'

랭던은 어안이 벙벙한 채로 쪽지에 적힌 번호를 눌렀다. 454. 자동 응답기의 인사말이 뚝 끊기고 프랑스어로 녹음된 기계음이 들렸다.

"새로운 메시지가 **한 개** 있습니다."

454는 자동 응답기에 녹음된 메시지를 외부에서 확인할 때 쓰는 원격 접속 번호임이 틀림없었다.

'자기한테 남긴 메시지를 나더러 들으라고?'

메시지가 나오기 시작했다. 소피의 목소리였다.

"랭던 씨."

겁에 질린 듯한 속삭임으로 메시지가 시작되었다.

"이 메시지를 듣고 아무 반응도 **보이지 마세요**. 가만히 듣기만 하세요. 선생님은 지금 위험에 빠져 있어요. 지금부터 제 지시를 그대로 따르셔야 해요."

# 10장

사일러스는 스승이 마련해 둔 검은색 아우디 승용차의 운전석에 앉아 거대한 생쉴피스 성당을 처다보았다. 종탑 두 개가 건물 아래에 둑처럼 길게 늘어선 투광 조명의 빛을 받으며 충직한 경비병처럼 우뚝 서 있었다. 양 측면에는 아름다운 야수의 갈비뼈처럼 튀어나온 미끈한 버팀벽이 어둑하게 줄지어 있었다.

'이교도들이 쐐기돌을 숨기기 위해 하느님의 전당을 이용했다니.'

사일러스는 쐐기돌을 찾아 스승에게 바칠 생각에 잔뜩 들떠 있었다. 그러면 오래전에 그 단체가 독실한 신앙인들에게서 훔쳤던 것을 되찾는 것이었다.

사일러스는 아우디를 주차한 뒤 심호흡을 했다. 그리고 눈앞의 임무를 수행하기 전 마음을 가다듬고자 혼잣말을 했다.

'그럼 오푸스 데이는 얼마나 강력해질까.'

오푸스 데이 덕분에 구원받기 전의 옛 기억이 아직도 사일러스의 영혼을 사로잡고 있었다……

그의 원래 이름은 사일러스가 아니었다. 그는 부모가 준 이름을 기억조차 하지 못했다. 그는 일곱 살 때 집을 나왔다. 마르세유시의 부두 노동자인 술꾼 아버지는 아들의 당혹스러운 외모를 그의 어머니 탓으로 돌렸다.

어느 날 밤, 둘은 끔찍한 싸움을 벌였고 사일러스의 어머니는 두 번 다시 일어나지 못했다. 아이는 숨이 끊어진 어머니를 내려다보며 견딜 수 없는 죄책감에 사로잡혔다.

'모두 나 때문이야.'

마치 악마에게 홀리기라도 한 듯 사일러스는 부엌으로 들어가 찾고 있던 물건을 집어 들었다. 그러고는 아버지가 술에 취해 세상모른 채 자고 있는 침실로 갔다. 그는 아무 말없이 아버지가 저지른 일에 대해 응당 받아야 할 벌을 내렸다.

그는 그 길로 집에서 도망쳐 나왔다. 하지만 남다른 외모 때문에 길거리의 가출 청소년들 사이에서도 외톨이 신세가 되었다. 허물어져 가는 공장 지하실에서 홀로 지내며 부두에서 훔친 과일과 생선을 먹어야 했다.

'유령이다.'

사람들은 그의 새하얀 피부를 보고는 겁에 질려 눈을 휘둥그레 뜬 채 속닥거렸다.

'악마의 눈을 가진 유령!'

사일러스도 자신이 유령처럼…… 투명 인간처럼 느껴졌다. 이 부두 저 부두 떠돌던 그는 열여덟 살 때 범죄를 저지르고 안도라에 있는 감옥에 들어갔다.

그곳에 12년 있는 동안 사일러스의 몸과 영혼은 점점 시들 어 갔고, 스스로 투명하다고 생각하기에 이르렀다.

'나는 유령이다.'

어느 날 밤, 강력한 손이 조그만 시멘트 감방을 흔들었고, 유령은 다른 죄수들의 비명에 잠에서 깼다. 그가 벌떡 일어났 을 때, 커다란 바위가 굴러와 조금 전까지 누워 있던 그의 잠 자리를 덮쳤다. 흔들리는 벽에 커다란 구멍이 뚫렸다. 구멍 너머로 그가 10년 넘도록 한 번도 보지 못했던 광경이 보였 다. 하늘에 뜬 달이었다.

여전히 땅이 흔들리는 와중에 유령은 좁은 터널을 헤치고 비틀거리며 밖으로 나와 황량한 산비탈로 몸을 날렸다. 데굴 데굴 굴러 숲속에 처박힌 그는 다시 일어나서 밤새 내달렸다. 배가 고파 정신이 몽롱했지만 철길을 따라 계속 뛰었다. 마침 내 그는 빈 화물 열차를 발견하고 그 안으로 들어가 지친 몸 을 뉘었다. 그가 정신을 차렸을 때, 기차는 달리고 있었다.

문득 누군가 고함을 지르며 그를 기차 밖으로 내던지는 통 에 그는 깨어났다. 지칠 대로 지친 그는 길옆에 쓰러져 다시 정신을 잃었다…….

서서히 빛이 찾아들었다. 유령은 자신이 얼마 동안 죽어 있 었는지 궁금했다.

'하루? 사흘?'

어차피 그것은 중요하지 않았다. 침대는 푹신하고 주변에 향초 내음이 가득한 가운데 예수님이 가만히 그를 내려다보고 있었다.

'내가 여기 있다.'

예수님이 조용히 말씀하셨다.

'너를 짓누르던 돌멩이를 치웠으니, 이제 너는 다시 태어났다. 아들아, 너는 구원받았다. 나의 길을 따르는 자에게는 복이 있을지니.'

다시 한 번 그는 잠에 빠져들었다.

문득 고통스러운 비명 소리에 잠에서 깨어났다. 사일러스는 침대에서 내려와 휘청거리며 소리 나는 쪽으로 걸어갔다. 주방으로 들어서니 덩치 큰 남자가 몸집이 훨씬 작은 남자를 두들겨 패고 있었다. 유령은 덩치 큰 남자를 붙잡아 벽으로 내던졌다. 남자는 헐레벌떡 달아났고, 유령은 사제복을 입은 채 쓰러져 있는 젊은 남자를 내려다보았다. 그는 코뼈가 심하게 부러진 사제를 번쩍 안아 소파에 눕혔다.

사제가 서툰 프랑스어로 말했다.

"고마워요, 친구! 헌금은 도둑을 부르지요."

그는 빙긋이 웃고는 말을 이었다.

"내 이름은 마누엘 아링가로사예요. 마드리드에서 온 선교사입니다. 교회 설립을 위해 여기 스페인 북부 지방으로 파견되었지요. 이름이 뭔가요?"

유령은 이름이 생각나지 않았다.

"여기가 어디입니까?"

그의 목소리가 허허롭게 들렸다.

"제가 어떻게 여기까지 왔지요?"

"누군가 당신을 문간에 두고 갔더군요. 몸이 안 좋아서 제가 당신을 먹이고 돌보았어요. 벌써 여러 날이 지났지요."

젊은 사제는 다정하게 말했다.

유령은 자신을 돌보아 준 젊은 선교사를 찬찬히 살폈다. 그에게 친절을 베푼 사람을 만난 건 참으로 여러 해 만이었다.

"감사합니다, 신부님."

사제는 피가 흐르는 입술을 만졌다.

"고마워할 사람은 나예요, 친구."

다음 날 아침, 잠에서 깬 유령은 침대 옆 탁자에서 오려 둔 신문 기사를 보고는 깜짝 놀랐다. 프랑스어로 작성된 일주일 전 기사였다. 기사를 읽고 나니 두려움이 밀려왔다. 산악 지방에 발생한 지진으로 감옥이 붕괴되어 위험한 죄수들이 대거 탈옥했다는 내용이었기 때문이다.

'사제는 내가 누구인지 알고 있어!'

유령은 침대에서 벌떡 일어나 도망치려 했다.

"사도행전."

문간에서 목소리가 들리더니, 젊은 사제가 미소를 지으며 들어왔다. 코에는 이설프게 반창고를 붙였고, 손에는 낡은 성경책을 들고 있었다.

"읽을 장을 표시해 두었어요."

유령은 어리둥절한 얼굴로 성경책을 받아 들었다.

'사도행전 16장.'

실라라는 죄수가 감방에서 알몸으로 뭇매를 맞으면서도 찬송가를 부르는 장면이 담긴 구절이었다. 26절에 이르렀을 때, 유령은 숨이 멎을 듯 충격을 받았다.

'이에 갑자기 큰 지진이 나서 옥터가 움직이고 문이 곧 다 열리며 모든 사람의 매인 것이 다 벗어진지라.'

사제가 따스하게 미소 지으며 말했다.

"친구, 다른 이름이 없다면, 지금부터 당신을 사일러스(성경에 나오는 실라의 영어식 발음―옮긴이)라고 불러야겠어요."

유령은 멍하니 고개를 끄덕였다.

'사일러스.'

새로운 육신을 받은 셈이었다.

'내 이름은 사일러스야.'

사제가 말했다.

"아침 식사 시간이군요. 나를 도와 교회를 세우려면 기운 차려야죠."


지중해 6천 미터 상공, 아링가로사 주교는 비행기가 난기류에 휩쓸려 요동치는 것을 거의 감지하지 못했다. 그의 머릿속은 온통 오푸스 데이의 미래에 대한 생각뿐이었다. 주교는 파리에 있는 사일러스와 통화하고 싶었지만 그럴 수 없었다.

스승은 프랑스어 억양이 섞인 영어로 이렇게 설명했었다.

"당신의 안전을 위해서예요. 통화가 새어 나갈 수 있소. 자칫하면 당신에게 치명적인 결과가 초래될 거요."

아링가로사는 스승의 말이 옳다는 것을 알았다. 스승은 극

도로 신중한 사람인 듯했다. 심지어 아링가로사에게조차 정체를 드러내지 않았다. 그렇지만 명령에 절대복종할 만한 가치가 있는 사람이었다. 어찌 되었든 최고의 비밀 정보를 얻어 낸 사람 아닌가. 바로 **그 단체의 최고위층 네 명의 이름!**

스승은 아링가로사에게 이렇게 말했다.

"주교, 필요한 조치는 내가 다 취해 놓았소. 내 계획이 성공하려면 앞으로 며칠 동안 사일러스가 **오직** 나하고만 연락하는 것을 당신이 허락해야 하오. 당신은 그와 소통하면 안 되오. 이 모든 건 당신의 정체와 사일러스의 정체…… 그리고 나의 투자를 보호하기 위함이오."

'2천만 유로.'

주교는 생각했다.

'그렇게 막강한 힘을 가진 물건의 대가치고는 푼돈이나 다름없지.'

주교는 좀처럼 짓지 않는 미소를 지었다. 불과 다섯 달 전만 해도, 그는 종단의 미래에 대해 두려워했다. 그런데 이제 마치 신의 뜻인 양, 해결책이 저절로 나왔다. 오늘 밤에 모든 일이 계획대로 풀린다면, 아링가로사는 곧 자신을 기독교 세계에서 가장 강력한 인물로 만들어 줄 물건을 손에 넣게 될 것이었다.

스승과 사일러스는 결코 실패하지 않으리라.

스승은 돈을 위해 움직였다. 사일러스는 신앙을 위해 움직였다.

돈과 신앙, 둘 다 성공에 필요한 강력한 동기였다.

# 11장

"놀이라고!"

브쥐 파슈는 불신에 찬 눈으로 소피 느뵈를 노려보며 불같이 화를 냈다.

'숫자놀이라고?'

"명색이 전문가라는 사람이 소니에르의 암호를 수학적 장난 정도로 분석한단 말이야?"

소피는 차분히 설명했다.

"자크 소니에르는 이 암호가 너무 간단해서 우리가 한눈에 알아차릴 거라고 생각한 게 틀림없습니다."

그녀는 스웨터 주머니에서 종이를 한 장 꺼내 파슈에게 건넸다.

"해독 결과입니다."

파슈는 종이를 들여다보았다.

1-1-2-3-5-8-13-21

"이게 다야?"

파슈는 쏘아붙였다.

"고작 숫자를 순서대로 늘어놓은 것뿐이잖아!"

이 와중에도 소피는 흡족한 미소를 지어 보일 만큼 배짱이 있었다.

"네, 정확히 보셨어요."

파슈는 목구멍 깊숙이서 으르렁대듯이 낮은 어조로 말했다.

"느뵈 요원, 이걸 가지고 대체 뭘 어쩌겠다는 건지 모르겠지만, 그게 뭐든 간에 후딱 말해 봐."

파슈는 초조한 눈길로 랭던을 힐끔 보았다. 랭던은 가까이에 서서 전화기를 귀에 바싹 대고 있었다. 아직도 미국 대사관에 남겨진 메시지를 듣고 있는 모양이었다. 사색이 된 낯빛을 보니 비보를 들은 것이 틀림없었다.

소피가 아슬아슬하리만치 당돌한 목소리로 말했다.

"부장님. 지금 부장님이 손에 든 수열은 역사상 가장 유명한 수열 중 하나예요. 바로 피보나치수열이죠."

소피는 파슈가 들고 있는 종이를 향해 턱짓을 하면서 내처 말했다.

"앞 숫자 둘을 더하면 바로 뒤에 나오는 숫자가 되죠."

파슈는 숫자들을 찬찬히 살펴보았다. 정말로 앞 숫자 두 개의 합이 그 뒤의 숫자와 일치했다. 하지만 파슈는 이 모든 것이 소니에르의 죽음과 무슨 관련이 있는지 도무지 이해할 수 없었다.

"레오나르도 피보나치라는 수학자가 13세기에 이 수열을 만들었습니다. 소니에르가 바닥에 쓴 숫자가 **모두** 피보나치 수열의 숫자라는 건 결코 우연이 아니지요."

파슈는 잠시 소피를 물끄러미 바라보았다.

"좋아. 그럼 자크 소니에르가 그 숫자를 쓴 **이유**는 뭔가? 대체 무슨 말을 하고 싶은 거야? 어떤 **의미**가 담긴 거지?"

소피는 어깨를 으쓱했다.

"아무 의미도 없어요. 그게 바로 핵심입니다. 이건 단순한 놀이예요. 유명한 시에 나오는 단어를 마구 뒤섞어 놓고 단어 끼리 공통점을 찾아보라고 하는 것과 비슷하죠."

파슈는 위협적으로 한 발짝 다가가 소피의 코앞에 얼굴을 들이댔다.

"나는 **그것**보다 훨씬 더 그럴싸한 설명을 원해."

온화한 이목구비로 어떻게 그런 표정을 지을까 싶을 만큼 소피는 단호한 얼굴로 물러서지 않았다.

"부장님, 오늘 밤 여기서 부장님이 봉착한 문제를 고려했을 때, 자크 소니에르가 부장님을 속였을 수도 있다는 걸 알게 되어 고마워하셔야 할 텐데요. 그런데 지금 보니 그런 것 같지 않군요. 암호 해독반 반장님께 파슈 부장님은 더 이상 우리의 도움을 원치 않는다고 보고하겠습니다."

그 말을 마치자마자 소피는 홱 뒤돌아서더니 왔던 길로 성큼성큼 걸어가 버렸다.

파슈는 어둠 속으로 사라지는 소피를 멍하니 지켜보았다.

'머리가 어떻게 된 거 아니야?'

파슈는 랭던을 바라보았다. 그는 아직도 전화기를 붙든 채 아까보다 더 걱정스러운 표정을 짓고 있었다. 이윽고 전화를 끊었을 때에는 어딘가 아파 보였다.

파슈가 물었다.

"괜찮아요?"

랭던은 힘없이 고개를 가로저었다.

용의자 랭던이 전화기를 돌려줄 때 식은땀을 흘리는 모습을 보며 파슈는 생각했다.

'본국에서 안 좋은 소식이 왔나 보군.'

"사고가 났습니다."

랭던이 어색한 표정을 지으며 더듬더듬 말했다.

"친구가……."

그는 좀처럼 말을 잇지 못했다.

"날이 밝자마자 비행기로 돌아가야 할 것 같습니다."

파슈는 충격을 받은 듯한 랭던의 표정이 거짓이 아니라고 생각했지만, 다른 감정도 서려 있음을 감지했다. 문득 이 미국인의 눈에 조금 전과는 다른 두려움이 드리워졌기 때문이다. 파슈는 랭던을 유심히 살펴보며 말했다.

"안됐군요. 좀 앉으시겠소?"

그는 전시실의 관람용 벤치 중 하나를 가리켰다.

랭던은 넋 나간 표정으로 고개를 끄덕이며 벤치를 향해 몇 발짝 걷다가 멈춰 섰다.

"저기, 화장실을 좀 써야 할 것 같은데요."

파슈는 일이 자꾸만 지체되는 듯해 내심 눈살을 찌푸렸다.

"화장실이요? 물론 다녀오셔야지요. 이참에 몇 분 쉽시다."

그는 아까 랭던과 함께 걸어온 기다란 회랑을 가리켰다.

"화장실은 큐레이터의 사무실로 가는 길에 있소."

랭던은 머뭇거리더니 대화랑의 반대쪽 끝을 가리켰다.

"저쪽에 더 가까운 화장실이 있을 것 같은데요."

듣고 보니 그 말이 맞았다. 지금 두 사람은 대화랑의 3분의 2가량 되는 지점에 있었고, 막다른 길 양쪽 끝에 화장실이 하나씩 있었다.

"같이 안 가도 되겠소?"

이미 대화랑 끝을 향해 발걸음을 옮기던 랭던이 고개를 가로저었다.

"괜찮습니다. 잠시…… 혼자 있고 싶군요."

파슈는 랭던 혼자 대화랑을 돌아다니는 게 내키지 않았지만, 대화랑은 아까 둘이 함께 들어온 곳이 유일한 출입구임을 그는 알고 있었다. 게다가 1층에는 출입구마다 경비 요원이 배치되어 있으니 랭던이 파슈 몰래 빠져나가는 것은 불가능했다.

"나는 잠깐 소니에르의 사무실로 돌아가 봐야겠어요. 볼일 다 마치면 그쪽으로 와서 나를 찾으시오. 나눠야 할 이야기가 아직 더 남아 있으니까."

랭던이 반대편 어둠 속으로 사라지자 파슈는 몸을 돌려 성난 얼굴로 회랑을 성큼성큼 걸어갔다. 철문에 이르러 그 밑을 통과한 다음, 부하들이 있는 소니에르의 사무실로 쿵쾅거리며 걸어갔다.

"누가 소피 느뵈를 이 건물 안에 들어오게 했어?"

파슈가 버럭 소리쳤다.

콜레가 나서서 대답했다.

"느뵈 요원이 바깥에 있는 경비 요원에게 암호를 풀었다고 말했습니다."

파슈는 주위를 둘러보고는 물었다.

"이제 돌아갔나?"

"부장님과 함께 있지 않았습니까?"

"좀 전에 갔어."

파슈는 어두컴컴한 복도를 흘낏 내다보았다.

짧은 순간, 파슈는 아래에 있는 경비 요원들에게 연락해 소피가 박물관을 빠져나가기 전에 붙잡아 오라고 할지 생각했다. 하지만 좋은 생각은 아닌 듯했다.

파슈는 소피를 머릿속에서 떨쳐 내면서 잠시 소니에르의 책상 위에 놓인 기사상을 물끄러미 보았다. 그러고는 콜레에게 눈길을 돌렸다.

"잘 잡히나?"

콜레는 고개를 한 번 까딱이고는 노트북을 파슈 쪽으로 돌렸다. 빨간 점 하나가 건물 평면도 위에서 또렷하게 보였다. '공중 화장실'이라고 표시된 위치에서 규칙적으로 깜빡거리고 있었다.

"좋아."

파슈는 홀로 걸어 나가며 말했다.

"전화 한 통 하고 올 테니, 용의자가 박물관을 빠져나가지 않도록 잘 감시해."

# 12장


대화랑의 *끄트머리*를 향해 터벅터벅 걸어가던 로버트 랭던은 살짝 어지럼증을 느꼈다. 소피의 전화 메시지가 마음속에서 계속 되풀이되었기 때문이다.

남자 화장실 문을 찾은 랭던은 안으로 들어가 불을 켰다.

화장실은 텅 비어 있었다.

랭던은 세면대로 가서 얼굴에 찬물을 끼얹었고는 정신을 차리려 애썼다. 강렬한 형광등 불빛이 밋밋한 타일을 비추고 있었고 소독약 냄새가 코를 찔렀다. 랭던이 수건으로 얼굴을 닦고 있는데, 끽 소리가 나며 화장실 문이 열렸다. 랭던은 핵 뒤돌아보았다.

소피 느뵈가 들어왔다. 초롱초롱한 녹색 눈동자에 두려움이 서려 있었다.

"하느님 감사합니다. 오셨군요. 시간이 별로 없어요."

랭던은 세면대 옆에 서서 어리둥절한 표정으로 암호 해독 전문 경찰을 물끄러미 바라보았다. 바로 몇 분 전에 랭던은 그녀의 전화 메시지를 들었다.

'아무 반응도 보이지 마세요. 가만히 듣기만 하세요. 당신은 지금 위험에 빠져 있어요. 지금부터 제 지시를 그대로 따르셔야 해요…….'

메시지를 듣는 동안 랭던은 점점 더 소피 느뵈의 진심을 느꼈었다. 그래서 랭던은 소피가 시키는 대로 따르기로 했다.

소피가 여전히 가쁜 숨을 몰아쉬며 말을 꺼냈다.

"당신에게 경고하고 싶었어요, 랭던 씨. 당신은 밀착 감시 대상이에요."

소피의 프랑스어 억양이 섞인 영어가 타일 벽에 반사되어 왠지 공허한 울림처럼 들렸다.

"하지만…… 도대체 왜?"

랭던이 다그치듯이 물었다. 소피가 이미 음성 메시지에서 그 이유를 설명했지만, 랭던은 그녀의 입을 통해 직접 듣고 싶었다.

"왜냐하면……."

소피가 랭던에게 다가가며 말했다.

"파슈가 지목한 이 살인 사건의 제1 용의자가 바로 당신이에요. 재킷 왼쪽 주머니 안을 살펴보세요. 당신을 감시하고 있다는 증거가 들어 있을 테니까."

랭던은 점점 더 불안해졌다.

'양복 주머니 안을 살펴보라고?'

무슨 허접한 속임수를 쓰는 마술 같았다.

"살펴보라니까요."

랭던은 얼떨떨한 상태로 모직 재킷의 왼쪽 주머니에 손을
넣었다. 한 번도 뭘 넣은 적이 없는 주머니였다. 안을 대충 더
듬어도 처음에는 아무것도 만져지지 않다가 손가락 사이로
예기치 않은 물건이 스쳤다. 조그맣고 단단했다. 손가락으로
끄집어내어 살펴보던 랭던이 눈을 휘둥그레 떴다. 손목시계
전지만 한 크기에 단추 모양을 한 금속 물체였다. 처음 보는
물건이었다.

"이게 도대체……?"

"위치 추적 장치예요. 위성 위치 확인 시스템으로 위치를
끊임없이 송신하지요. 세계 어디에 있든 오차 범위가 60센티
미터예요. 당신에게 전자 목줄을 묶어 둔 셈이죠. 호텔에서
당신을 데려온 요원이 호텔 방을 나서기 전에 슬쩍 주머니 속
에 넣었을 거예요."

랭던은 재빨리 호텔 방에서 있었던 일을 되짚어 보았다. 서
둘러 샤워를 하고 옷을 입은 뒤 방을 나설 때 친절하게도 경
찰 반장이 직접 모직 코트를 건네주었다.

소피가 매서운 눈매로 랭던을 보며 말했다.

"당신이 이걸 찾아낸 걸 파슈는 모를 거예요."

소피는 잠시 말을 끊었다가 다시 입을 열었다.

"당신이 도주할까 봐 추적 장치를 심은 거예요. 사실 그들
은 당신이 도망치기를 **바라고** 있어요. 그래야 자신들의 주장
이 더 확실하게 입증되니까요."

"내가 왜 도망친단 말입니까?"

랭던이 따지듯이 물었다.

"나는 결백해요!"

화가 치민 랭던은 추적 장치를 버리려고 쓰레기통을 향해 성큼성큼 걸어갔다.

"안 돼요!"

소피가 랭던의 팔을 붙잡았다.

"주머니에 넣어 두세요. 지금 그걸 버리면 신호가 움직이지 않을 테고, 그럼 당신이 그걸 발견했다는 걸 그들이 알아차릴 거예요. 만약 파슈 부장이 당신이 눈치챈 걸 알면……."

소피는 그다음 일은 더 이상 생각하고 싶지 않았다. 대신 랭던의 손바닥에서 금속 장치를 낚아채 양복 주머니 속에 도로 집어넣었다.

"이 장치는 당신과 함께 있어야 해요. 적어도 지금 당장은."

랭던은 어찌할 바를 몰랐다.

"파슈는 왜 내가 자크 소니에르를 죽였다고 믿는 겁니까?"

"여기서 발견한 증거 하나를 당신은 아직 보지 못했어요."

소피는 심란한 표정을 지었다.

"소니에르가 바닥에 쓴 글귀 세 줄 기억하시죠?"

랭던은 고개를 끄덕였다. 그 숫자와 단어들은 이미 마음속 깊이 새겨져 있었다.

소피는 목소리를 낮추어 속삭였다.

"**네 번째** 줄이 있었어요. 파슈가 사진 찍고 나서 당신이 오기 전에 그 줄을 지워 버렸지요."

투명 마커의 잉크가 쉽게 지워진다는 사실은 랭던도 알고 있었다. 하지만 도대체 왜 파슈가 증거를 지운단 말인가?

"파슈는 메시지의 마지막 줄을 당신에게 알려 주고 싶지 않았던 거예요."

소피는 잠시 말을 멈추었다가 다시 덧붙였다.

"적어도 당신을 완전히 옭아매기 전까지는 말이에요."

소피는 스웨터 주머니에서 컴퓨터로 인쇄한 사진 한 장을 꺼내어 펼쳤다.

"이게 **전체** 메시지예요"

소피는 랭던에게 사진을 건넸다.

랭던은 어리둥절하며 사진을 보았다. 마지막 줄을 보는 순간 그는 뒤통수를 한 대 맞은 것 같았다.


13-3-2-21-1-1-8-5

아, 드라콘 같은 악마여!(O, Draconian devil!)

오, 절름발이 성인이여!(Oh, lame saint!)

P.S. 로버트 랭던을 찾아라(P.S. Find Robert Langdon).


랭던은 몇 초 동안 넋 나간 듯이 물끄러미 사진을 보았다.

'P.S. 로버트 랭던을 찾아라.'

발밑의 바닥이 기우뚱하는 것 같았다.

'소니에르가 추신에 내 이름을 남기다니?'

아무리 머리를 굴려 보아도 랭던은 그 이유를 짐작조차 할 수 없었다.

소피가 걱정스러운 눈빛으로 말했다.

"이제 이해되세요? 파슈가 왜 오늘 밤 당신을 여기로 데려오라고 명령했는지, 왜 당신을 유력한 용의자로 생각하는지?"

랭던이 당장 이해한 것은 단 하나뿐이었다. 소니에르가 그냥 살인범의 이름을 썼을 거라고 자신이 말했을 때, 파슈가 왜 그토록 의기양양한 표정을 지었는가 하는 점이었다.

'로버트 랭던을 찾아라'.

랭던은 혼란스럽다 못해 분노가 치밀어 따져 물었다.

"소니에르가 왜 이것을 썼을까요? 내가 왜 자크 소니에르를 죽인단 말입니까?"

"파슈는 아직 범행 동기를 밝혀내지 않았지요. 하지만 그는 오늘 밤 당신과 나눈 대화를 모조리 녹음하고 있어요. 당신 입으로 동기를 발설하길 바라는 거죠."

랭던은 입을 뗐지만 이내 말문이 막혔다.

소피가 다시 설명했다.

"파슈는 초소형 마이크를 지니고 있어요. 마이크는 옷 주머니 속 송신기와 연결되어 있어서 무전으로 대화 내용이 수사본부에 보내지죠."

"이건 말도 안 돼요."

랭던이 더듬거리며 말했다.

"난 알리바이가 있어요. 강연을 마치고 곧장 호텔로 돌아갔어요. 호텔 프런트에 물어보면 될 거예요."

"파슈가 이미 확인했어요. 파슈의 보고서에 따르면, 당신은 10시 30분경 프런트 직원한테서 객실 열쇠를 받았더군요. 불행하게도 살해 시간은 11시가 다 되었을 때예요. 몰래 호텔을 빠져나오는 건 간단하죠."

"이건 정신 나간 짓이에요! 파슈한테 증거도 없잖아요!"

소피의 눈이 마치 '증거가 없다고?'라고 말하는 듯이 휘둥그레졌다.

"랭던 씨, 당신 이름이 시신 옆 바닥에 써 있었어요. 그리고 소니에르의 일정표에 따르면 살인이 일어난 때쯤 당신은 그와 만나기로 되어 있었고."

소피는 잠시 말을 멈추었다가 입을 열었다.

"파슈는 당신을 체포해 수사할 충분한 증거를 갖고 있어요."

소피는 한숨을 푹 쉬고는 말을 이었다.

"자크 소니에르는 파리에서 많은 사랑을 받은 유명 인사였으니, 날이 밝자마자 그의 피살 소식이 뉴스로 나올 거예요. 파슈는 범인을 찾아내라는 엄청난 압력을 받을 테고, 그때 만약 용의자를 체포한 상태라고 말하면 모양새가 훨씬 더 좋겠지요. 그러면 당신은 결백 여부와 상관없이 사건의 진상이 밝혀질 때까지 십중팔구 경찰에 잡혀 있는 신세가 될 거예요."

랭던은 우리 속에 갇힌 짐승이 된 기분이었다.

"그런데 왜 나한테 이 모든 걸 말해 주는 거죠?"

"랭던 씨, 당신이 결백하다고 믿기 때문이에요."

소피는 잠시 눈길을 돌렸다가 다시 랭던의 눈을 보았다.

"그리고 당신이 곤경에 처한 건 **제** 탓이기도 하니까요."

"뭐라고요? 소니에르가 나를 궁지에 몰아넣은 게 **당신** 탓이라고요?"

"소니에르는 당신을 궁지에 몰아넣으려 한 게 아니에요. 그건 실수였어요. 바닥의 메시지는 나한테 남긴 거예요."

랭던은 그 말을 이해하는 데 한참 시간이 걸렸다.

"뭐라고 하셨죠?"

"그 메시지는 경찰에 남긴 게 아니에요. **저에게** 남긴 거라고요. 몹시 서둘러 그 모든 일을 해야 했겠죠. 그래서 메시지가 경찰 눈에 어떻게 보일지 미처 생각 못 한 모양이에요."

소피는 잠시 말을 끊었다가 다시 이어 갔다.

"숫자 암호는 아무 의미가 없어요. 소니에르는 경찰 수사에 암호 전문가를 동원하려고 쓴 거예요. 자신에게 무슨 일이 벌어졌는지 **저에게** 최대한 빨리 알리려고요."

랭던은 점점 더 미궁 속으로 빠져드는 것 같았다.

"그런데 어째서 그 메시지를 당신에게 보냈다고 생각하는 거죠?"

"〈비트루비우스의 인체 비례〉."

소피는 한 마디로 딱 잘라 대답하고는 설명을 덧붙였다.

"제가 다빈치의 작품 중에서 가장 좋아하는 거예요. 소니에르는 오늘 밤 제 주의를 끌기 위해 그 스케치를 이용한 거죠."

"잠깐, 소니에르가 당신이 좋아하는 예술 작품까지 **알고** 있었다는 말입니까?"

소피는 고개를 끄덕였다.

"미안해요. 처음부터 순서대로 말씀드렸어야 하는데. 사실 자크 소니에르와 저는……."

소피의 목소리가 목에 턱 걸렸다.

"우리는 십 년 전에 사이가 틀어졌어요."

소피는 이제 속삭이듯이 말했다.

"그 뒤로는 서로 거의 말도 하지 않고 지냈죠. 오늘 밤 암호반에 그분이 살해되었다고 연락 오고 제 눈으로 시신과 바닥의 글귀를 보았을 때, 그분이 저한테 메시지를 보내려고 했다는 걸 알아차렸어요."

"〈비트루비우스의 인체 비례〉 때문에?"

"네. 그리고 P.S.라는 글자 때문이죠."

"'추신(PostScript)'이라는 말이요?"

소피는 고개를 저었다.

"P.S.는 제 이름 이니셜이에요."

"당신 이름은 소피 느뵈잖아요."

소피는 눈길을 돌렸다.

"우리가 함께 살았을 때 그분은 나를 P.S.라는 별명으로 불렀어요."

소피의 얼굴이 붉어졌다.

"소피 공주(Princess Sophie)의 약자죠. 하지만 오래전 일이에요. 제가 꼬맹이였을 때요."

"**어렸을** 때부터 자크 소니에르를 알았단 말이에요?"

"꽤 잘 알았죠."

감정이 북받친 소피의 눈에서 눈물이 흘렀다.

"자크 소니에르는 제 할아버지예요."

# 13장

때가 되었다.

사일러스는 검은색 아우디에서 내리면서 온몸에 힘이 샘솟는 것을 느꼈다. 산들산들 불어오는 밤바람에 그의 헐렁한 로브가 살며시 펄럭였다.

'공기 속에 변화의 바람이 깃들어 있어.'

그는 교회를 향해 가면서 이렇게 중얼거렸다.

"나는 하느님의 사업을 행하고 있어."

사일러스는 유령처럼 창백한 주먹을 들어 문을 힘껏 세 차례 두드렸다. 잠시 뒤, 거대한 나무 문의 빗장이 열리더니 상드린 수녀가 그를 반갑게 맞이했다.

상드린 수녀는 눈매가 차분하고 몸집이 자그마한 여인이었다. 사일러스는 수녀를 힘으로 손쉽게 제압할 수 있음을 알았지만, 꼭 필요한 경우에만 힘을 쓰기로 이미 맹세한 터였다.

'이 여인은 성직자다. 그리고 이 교회가 쐐기돌의 은신처로 선택된 것은 이 수녀의 잘못이 아니다. 다른 사람의 죄 때문에 수녀가 벌을 받아서는 안 된다.'

"미국 사람이시죠?"

상드린 수녀가 사일러스를 성스러운 교회 안으로 안내하면서 말했다. 휑뎅그렁한 신도석이 묘지처럼 고요했다. 생명의 흔적이라고는 저녁 미사 때 피운 희미한 향냄새뿐이었다.

"프랑스 태생입니다. 스페인에서 하느님의 일을 했고, 지금은 미국에서 공부하고 있습니다."

수녀는 고개를 끄덕였다.

"그런데 생쉴피스는 **한 번도** 보신 적이 없다고요?"

"큰 죄를 지은 기분입니다."

"낮에 보면 훨씬 더 아름다운데요."

"그렇겠지요. 그래도 오늘 밤에 이렇게 기회를 주셔서 정말 감사합니다."

"신부님이 특별히 당부하시더군요. 힘 있는 친구분들을 두셨나 봐요."

'당신이 상상도 못할 만큼.'

수녀를 따라 중앙 복도를 걸어가는 동안 사일러스는 너무도 소박한 생쉴피스 성당의 모습에 놀랐다. 성당 내부는 휑할 정도로 별다른 장식을 하지 않았으며, 금욕적인 스페인의 성당이 연상될 정도로 휑뎅그렁했다. 사일러스는 갈비뼈 모양의 아치형 천장을 올려다보면서 거꾸로 뒤집힌 거대한 배 밑에 선 듯한 기분을 느꼈다.

'이미지가 잘 어울리는군.'

그는 생각했다. 이제 그들의 배가 곧 뒤집혀 영영 바로 서지 못할 것이었다. 사일러스는 어서 일을 시작하고 싶은 마음에 상드린 수녀가 자신을 혼자 내버려 두기를 바랐다.

"수녀님, 저 때문에 못 주무시는 것 같아 송구스럽습니다."

"별 말씀을. 파리에 잠깐 머무신다면서요. 어디부터 구경시켜 드리는 게 좋을까요?"

사일러스는 자기도 모르게 제단에 눈길을 고정했다.

"구경시켜 주실 필요 없습니다. 저 혼자 둘러봐도 됩니다."

"어려운 일도 아닌데요, 뭐."

수녀가 말했다.

사일러스는 걸음을 멈추었다. 이제 신도석 맨 앞줄에 다다라 있었고, 제단은 고작 15미터 떨어져 있었다. 사일러스는 자그만 수녀를 향해 거대한 몸집을 홱 돌렸다. 붉은 눈동자를 마주한 수녀가 움찔하는 것이 느껴졌다.

"너무 무례한 말인지 모르겠습니다만, 수녀님, 전 주님의 집에 들어가 그저 관광하는 것에 익숙하지 않습니다. 둘러보기 전에 혼자 기도 드릴 시간을 가졌으면 합니다."

사일러스는 부드럽지만 묵직한 손을 수녀의 어깨에 올려놓으며 그녀를 내려다보았다.

"수녀님, 부디 침소로 돌아가시지요. 기도는 고독한 즐거움이니까요."

"정 그러시다면."

하지만 수녀는 심기가 불편한 듯했다.

사일러스는 수녀의 어깨에서 손을 치웠다.

"편히 주무십시오, 수녀님. 주님의 평화가 수녀님과 함께하길 빕니다."

"수도사님과도 함께하길 빕니다."

상드린 수녀가 계단을 향해 걸어가자 사일러스는 몸을 돌려 맨 앞줄의 신도석에 무릎을 꿇었다. 가시 띠가 허벅지를 날카롭게 파고들었다.

'사랑하는 주님, 오늘 제가 행할 이 일을 주님께 바치오니……'

# 14장

소피는 자신이 박물관을 떠나지 않은 것을 파슈가 알아차리기까지 시간이 얼마나 걸릴지 궁금했다. 눈에 띄게 안절부절못하는 랭던을 보자, 괜히 그를 궁지로 몰아넣은 건 아닌지 생각했다. 과연 옳은 일을 한 것인지 확신이 서지 않았다.

'하지만 이것 말고 달리 좋은 방법도 없잖아?'

소피에게 할아버지가 세상 전부인 시절이 있었다. 그런데 소피 스스로도 놀라울 만큼, 오늘 밤 할아버지의 죽음을 보고도 그리 슬프지 않았다. 자크 소니에르는 이제 소피에게 낯선 사람이었다. 소피가 스물두 살이던 해 3월의 어느 날 밤, 단 하나의 사건으로 두 사람의 관계가 산산조각 났다.

'10년 전.'

소피는 봐서는 안 될 할아버지의 행위를 우연히 목격하고 말았다.

'내 눈으로 직접 보지 않았더라면······.'

큰 충격을 받은 소피는 고통스럽게 자초지종을 설명하려는 할아버지의 말이 도통 귀에 들어오지 않았다. 그 길로 집을 나와 그동안 모아 놓은 돈으로 조그만 아파트를 구해 친구들과 함께 살았다. 할아버지에게는 두 번 다시 전화하지 말라고 했다. 지난 10년 동안 할아버지는 헤아릴 수 없이 많은 카드와 편지를 보내 직접 만나 모든 것을 설명할 기회를 달라고 애원했다. 소피는 편지를 아예 뜯지도 않고 10년째 쌓아 놓기만 했다. 하지만 소니에르는 단 한 번도 손녀의 요청을 거스르고 전화하지 않았다.

**오늘 오후까지는.**

"소피?"

자동 응답기에서 놀랍도록 노쇠한 목소리가 흘러나왔다.

"이 할아비는 아주 오랫동안 네 바람대로 했단다. 그리고······ **지금** 전화를 하려니 몹시 고통스럽구나. 하지만 너한테 꼭 할 말이 있어. 끔찍한 일이 벌어졌거든."

파리의 아파트 주방에 서서 10년 만에 할아버지의 목소리를 듣는 소피의 온몸에 소름이 돋았다. 추억이 물밀듯이 밀려왔다.

"소피, 잘 들으렴."

할아버지는 소피가 어렸을 때 늘 그랬듯이 영어로 말했다.

'학교에서는 프랑스어를 공부하고, 집에서는 영어를 연습하렴.'

"너도 언제까지 화만 낼 순 없어. 아직도 이해 못 하겠니?"

소니에르는 잠시 말을 멈추었다가 다시 이었다.

"지금 당장 만나서 얘기해야 해. 이 할아비의 소원을 꼭 들어 다오. 루브르 내 사무실로 전화하렴. 지금 당장. 너와 내가 커다란 위험에 빠진 것 같구나."

소피는 자동 응답기를 말끄러미 바라보았다.

'위험?'

도대체 무슨 소리인가?

"공주……."

소니에르의 목소리가 감정에 북받쳐 갈라졌다. 하지만 소피는 그 감정의 실체를 종잡을 수가 없었다.

"내가 너에게 무언가를 감추었지. 그 대가로 네 사랑을 잃었다는 걸 잘 안다. 하지만 모두 다 네 안전을 위해서였어. 이제 너도 진실을 알아야 해. 제발……. 이제 너한테 우리 가족에 대한 진실을 말해야만 한단다."

갑자기 소피의 귀에 자신의 심장 소리가 쿵쾅쿵쾅 울렸다.

'우리 가족?'

소피의 부모는 그녀가 겨우 네 살이었을 때 세상을 떠났다. 급류가 흐르는 다리 아래로 그들이 탄 차가 추락했다. 동승했던 할머니와 남동생까지 세상을 떠났다. 그렇게 한순간에 소피는 온 가족을 잃고 말았다. 소피는 그 사건이 보도된 신문 기사를 아직도 갖고 있었다.

"소피……."

응답기에서 할아버지의 말이 이어졌다.

"오랫동안 너한테 말할 때를 기다렸단다. 이 메시지를 듣는 즉시 박물관의 내 사무실로 전화하렴. 여기서 밤새 기다리마. 네가 알아야 할 게 너무나 많아."

메시지는 그렇게 끝났다.

'우리 가족.'

할아버지가 언급한 그 단어를 들으니 느닷없이 뼈에 사무치는 그리움이 밀려왔다.

어둑한 루브르의 남자 화장실에 서 있는 지금도 소피의 귓가에 할아버지의 메시지가 메아리쳤다.

'소피, 너와 내가 커다란 위험에 빠진 것 같구나……. 나한테 전화하렴.'

소피는 전화하지 않았다. 그리고 이제 할아버지는 시신이 되어 자신이 일하던 박물관 안에 누워 있었다.

**소피**에게 암호를 남긴 채. 소피는 암호의 의미를 이해하지 못했지만, 그것이 자신을 위해 만들어졌다는 것은 확신했다. 그녀가 암호에 열정과 소질을 보이게 된 것도 자크 소니에르 품에서 자란 덕분이었다. 소니에르는 암호와 낱말 게임, 퍼즐에 열광했다.

'할아버지와 함께 신문에 실린 수수께끼와 십자 낱말 맞추기를 하면서 보낸 일요일이 얼마나 많았던가.'

소피는 열두 살 때 이미 일간 신문에 실리는 십자 낱말 맞추기를 누구의 도움도 없이 풀어 냈다. 그러자 할아버지는 영어로 된 십자 낱말 맞추기와 수학 퍼즐, 글자 바꾸기 암호 등을 소개했다. 소피는 그 모든 것을 탐닉했다. 그리고 결국 취미를 직업으로 발전시켜 암호 해독 전문 경찰이 되었다.

오늘 밤, 할아버지는 간단한 암호로 생면부지의 두 사람을 연결 지었다. 소피 느뵈와 로버트 랭던.

그러나 대체 **왜**?

안타깝게도 소피는 혼란스러워하는 랭던의 눈빛을 보며 이 미국 사람 또한 할아버지가 두 사람을 하나로 엮은 이유에 대해 자신만큼이나 갈피를 못 잡고 있다는 것을 알 수 있었다.

소피는 다시 랭던에게 물었다.

"당신은 오늘 밤 할아버지를 만날 계획이었어요. 무슨 일 때문이었죠?"

랭던은 정말로 당혹스러운 표정을 지었다.

"그분의 비서가 전화해서 약속을 정했고, 나는 굳이 이유를 묻지 않았어요. 그냥 강연을 마친 후 함께 술이나 한잔하면 재미있겠다고 생각하고 넘어갔죠."

소피는 숨을 깊이 들이마셨다 내쉬고는 좀 더 캐물었다.

"할아버지가 오늘 오후에 저한테 전화했어요. 할아버지와 제가 커다란 위험에 빠졌다고 하셨죠. 뭐 짚이는 것 있나요?"

문득 랭던의 파란 눈동자에 근심이 가득 서렸다.

"없습니다. 하지만 벌어진 일을 보면……."

소피는 고개를 끄덕였다. 오늘 밤 사건을 겪고도 겁먹지 않을 바보는 없을 것이다. 소피는 기진맥진한 채 화장실 안쪽 끝에 있는 조그만 유리창으로 걸어갔다. 창문은 지상에서 적어도 12미터 높이에 있었다. 창문 아래로 카루젤 광장의 도로가 보였다. 박물관 건물과 거의 나란히 뻗은 그 도로 위에 여느 때처럼 파리의 야간 트럭들이 신호가 바뀌기를 기다리며 따닥따닥 서 있었다.

랭던이 뒤에서 다가오며 말했다.

"무슨 말을 해야 할지 모르겠네요. 별 도움을 주지 못해 미안합니다."

소피는 창가에서 몸을 돌려 랭던을 보았다. 랭던의 그윽한 목소리에서 진심이 느껴졌다. 여러모로 어려운 상황에 처한 와중에도 진정으로 돕고 싶어 하는 마음이 전해졌다. 암호 전문가인 소피는 겉보기에 아무런 의미도 없는 데이터에서 의미를 찾아내는 일을 했다. 그리고 지금 당장 그녀가 할 수 있는 최선의 추측은, 자신이 절실히 필요로 하는 정보를 왠지 로버트 랭던이 갖고 있다는 것이었다. 랭던 본인은 그 사실을 모르고 있다 하더라도 말이다.

'프린세스 소피, 로버트 랭던을 찾아라'.

할아버지의 메시지가 어떻게 이보다 더 명확할 수 있겠는가? 소피는 랭던과 함께 더 많은 시간을 보낼 필요가 있었다. 생각할 시간. 그와 함께 이 미스터리를 풀어 갈 시간.

소피는 랭던을 말끄러미 보며 말했다.

"브쥐 파슈는 지금 당장 당신을 구금하려 할 거예요. 내가 당신을 박물관에서 빠져나가도록 도울 수 있어요. 하지만 그러려면 지금 당장 움직여야 해요."

랭던의 눈이 휘둥그레졌다.

"나더러 **도망치라는** 겁니까?"

"그게 당신이 할 수 있는 가장 현명한 행동이에요. 프랑스 경찰과 미국 대사관이 당신을 어느 나라 법정에 세울지를 놓고 옥신각신하는 사이 당신은 몇 주 동안 감옥에 있어야 할 테니까요. 하지만 일단 이곳을 빠져나가 미국 대사관까지 가면, 당신이 이 살인 사건과 무관하다는 걸 우리 둘이 입증할 때까지 당신네 정부가 당신을 보호할 수 있어요."

랭던은 조금도 수긍하지 못하겠다는 표정을 지었다.

"터무니없는 소리! 파슈는 모든 출입구에 무장 경비를 세워 뒀어요. 설사 우리가 총에 맞지 않고 무사히 빠져나간다 해도 도주했다는 이유로 나는 더욱더 범인으로 몰릴 겁니다. 당신이 파슈에게 마룻바닥의 메시지는 **당신**에게 남긴 것이라고 말해야 해요. 그리고 내 이름이 적힌 건 내가 범인이라는 뜻이 아니라고요."

소피는 다급한 말투로 대꾸했다.

"물론 **그럴** 거예요. 하지만 당신이 안전하게 미국 대사관으로 들어간 후에 할게요. 대사관은 여기서 1.5킬로미터쯤 떨어져 있고, 내 차가 박물관 밖에 주차되어 있어요. 여기서 파슈를 설득하는 것은 도박이나 마찬가지예요. 모르겠어요? 파슈는 당신을 범인으로 입증하는 것을 오늘 밤에 달성해야 할 임무로 생각하고 있단 말이에요. 지금 당장 체포하지 않는 건 당신이 더 강력한 증거가 될 말이나 행동 하는 걸 지켜보려는 거죠."

"내 말이 바로 그거예요. 이를테면, **도망치는 것**!"

소피는 한숨을 쉬었다. 그러고는 창문 쪽으로 몸을 돌려 아래에 있는 도로를 내려다보았다. 이 높이에서 뛰어내리면 두 다리가 부러질 것이 뻔했다. 그나마 최소한의 부상일 경우다.

그럼에도 불구하고 소피는 결단을 내렸다.

로버트 랭던의 의사와 상관없이, 당장 그는 루브르 박물관을 빠져나가야 했다.

# 15장

"랭던은 어디 있지?"

파슈가 다그치자, 콜레 반장이 대답했다.

"아직 화장실에 있습니다, 부장님."

파슈는 툴툴거렸다.

"아예 거기서 살 모양이군."

파슈는 콜레의 어깨 너머로 위치 추적 장치 화면을 흘낏 보았다. 원래 감시 대상에게는 시간과 자유를 최대한 허용하는 것이 이상적이다. 그래야 안전하다고 착각하기 때문이다. 그렇지만 시간이 벌써 10분 가까이 흘러 있었다.

'너무 오래 있는데.'

"부장님?"

사법경찰국 요원 한 명이 사무실 안 맞은편에서 소리쳤다.

"전화 좀 받아 보십시오."

"누군데?"

파슈가 물었다.

요원은 얼굴을 찡그리며 대답했다.

"암호 해독반 반장입니다."

"그런데?"

"소피 느뵈에 대한 소식입니다, 부장님. 뭔가가 아주 잘못된……."

몇 분 후, 통화를 끝낸 파슈는 콜레에게 성큼성큼 걸어가 느뵈 요원에게 전화를 걸라고 지시했다. 콜레가 전화 연결에 실패하자, 파슈는 화가 치밀어 서성거리기 시작했다.

"전화를 안 받다니, 무슨 뜻이야? 휴대 전화로 건 것 맞지? 휴대 전화 가지고 있는 걸 내가 안다고."

"아마 배터리가 떨어졌나 봅니다. 아니면 벨 소리를 꺼 두었거나."

콜레는 그렇게 답하고는 용기를 내어 물었다.

"암호 해독반에서는 왜 전화한 겁니까?"

파슈가 휙 몸을 돌렸다.

"드라콘 같은 악마와 절름발이 성인에 대해서는 참고 자료를 찾지 못했다고 하더군……. 그리고 숫자가 피보나치수열이란 사실을 방금 알아냈지만 특별한 의미가 없는 것 같다는 거야."

콜레는 어이가 없었다.

"하지만 그건 이미 느뵈 요원을 보내서 우리에게 알려 준 사실 아닙니까?"

파슈는 고개를 가로저었다.

"그들은 느뵈를 보낸 적이 없어."

"뭐라고요?"

"암호반 반장 말에 따르면, 부하들을 모두 불러들여 내가 보낸 사진을 보여 줬다더군. 그런데 느뵈 요원이 들어와서는 소니에르의 시신과 암호가 찍힌 사진을 쓱 보더니 말 한마디 없이 사무실을 나갔다는 거야. 반장은 그 사진을 보고 그녀가 상심했을 걸 이해해서 그 행동을 문제 삼지 않았다더군."

"상심이요? 왜죠?"

파슈는 잠시 뜸을 들이다가 대답했다.

"나도 몰랐고, 거기 부장도 동료가 알려 주기 전에는 몰랐던 사실인데, 소피 느뵈가 자크 소니에르의 손녀라는군."


이 충격적인 사실에 대해 더 생각해 볼 겨를도 없이, 텅 빈 박물관의 적막을 깨고 경보음이 울렸다. 한 요원이 소리쳤다.

"대화랑! 남자 화장실!"

남자 화장실 유리창이 깨진 것일까?

파슈는 몸을 휙 돌려 콜레에게 소리쳤다.

"랭던은 어디에 있나?"

"아직 화장실 안에 있습니다."

콜레는 노트북 화면에서 깜빡이는 빨간 점을 가리켰다.

"그런데…… 맙소사!"

콜레는 소리를 지르며 화면을 살펴보았다.

"화장실 유리창이 깨진 걸까요? 랭던이 창틀 쪽으로 움직이고 있습니다!"

파슈는 이미 행동에 나섰다. 어깨에 멘 총집에서 권총을 뽑아 들고 사무실 밖으로 쏜살같이 뛰쳐나갔다.

콜레는 반짝거리는 점이 창틀에 다다르는 것을 화면으로 지켜보았다. 그때 전혀 뜻밖의 일이 벌어졌다. 점이 건물 밖으로 움직인 것이다.

"세상에나!"

콜레는 벌떡 일어섰다. 그리고 더듬거리며 조정 장치를 조작해 위치 추적 장치 화면을 확대했다. 화면에 신호 위치가 정확하게 나타났다.

빨간 점이 카루젤 광장 한가운데에서 뚝 멈추더니 더 이상 움직이지 않았다.

랭던이 창밖으로 뛰어내린 것이다!

멀리서 들려오는 경보음 사이로 콜레가 무전기로 파슈를 호출하는 소리가 요란하게 울렸다. 콜레가 소리쳤다.

"랭던이 뛰어내렸습니다! 지금 카루젤 광장에서 신호가 잡힙니다!"

파슈는 콜레의 말을 듣고도 도무지 납득할 수 없었다. 그는 계속 뛰었다. 복도가 끝없이 이어지는 것 같았다. 소니에르의 시신을 지나쳐 달려가면서 그는 드농관 끝에 있는 칸막이들에 눈길을 고정했다.

"잠깐만요!"

콜레의 목소리가 다시 무전기에서 흘러나왔다.

"움직이고 있습니다! 맙소사, 살아 있어요. 랭던이 움직이

고 있습니다! 카루젤 광장을 내달리고 있어요. 잠깐……! 속
도를 내고 있습니다. 움직임이 너무 빠른데요!"

칸막이들이 있는 곳에 다다른 파슈는 칸막이들 사이를 요
리조리 지나 화장실 문을 향해 뛰어갔다.

이제 경보음 때문에 무전기 소리가 거의 들리지 않았다.

"자동차를 탄 게 틀림없습니다! 차에 탄 것 같아요! 그렇지
않고는……."

콜레의 말이 경보음에 파묻혀 갈 때, 파슈는 총을 뽑아 든
채 화장실 안으로 들이닥쳤다. 그리고 귀를 찢을 듯한 날카로
운 소리에 움찔하면서 화장실 안을 살펴보았다.

텅 비어 있었다. 파슈의 눈은 곧장 부서진 창문을 향했다.
그는 깨진 유리창으로 뛰어가 창문 너머를 살펴보았다. 랭던
은 온데간데없었다.

드디어 경보가 꺼지고 콜레의 목소리가 다시 들렸다.

"……남쪽으로 움직이고 있습니다……. 점점 더 빨리……
카루젤 다리를 타고 센강을 건너고 있습니다!"

파슈는 왼쪽을 보았다. 카루젤 다리를 지나가는 차량은 트
레일러 두 개가 딸린 대형 트럭 한 대뿐이었다. 트럭은 루브
르 박물관 쪽에서 남쪽으로 움직이고 있었다. 지붕 없이 비닐
방수포만 덮은 트레일러의 모습이 꼭 거대한 해먹처럼 보였
다. 파슈는 불안감에 몸이 떨렸다. 트럭은 아마도 조금 전에
이 화장실 창문 바로 밑에서 신호등의 정지 신호에 따라 멈춰
서 있었을 것이었다.

'이런 정신 나간 도박이 있나.'

파슈는 혼잣말을 했다. 랭던은 트럭의 방수포 밑에 뭐가 실려 있는지 알 길이 없었을 것이다. 12미터를 뛰어내리다니? 그야말로 미친 짓이었다.

"생페르 항구 쪽으로 우회전하고 있습니다!"

콜레가 소리쳤다.

아니나 다를까, 카루젤 다리를 건넌 트럭은 속도를 줄이며 생페르 항구 쪽으로 우회전하고 있었다. 파슈는 화들짝 놀라며 길모퉁이를 돌아 사라지는 트럭을 지켜보았다.

'게임 끝났어.'

파슈는 알았다. 트럭을 포위하는 데는 몇 분이면 충분했다. 파슈는 무전기로 콜레에게 지시했다.

"내 차를 대기시켜. 랭던 체포 현장을 직접 보고 싶으니까."

파슈는 대화랑의 긴 복도를 따라 되돌아가면서 랭던이 뛰어내리다 죽었을지도 모른다고 생각했다.

하지만 그것은 중요하지 않았다.

'랭던은 도망쳤어. 유죄가 입증된 거지.'


화장실에서 15미터 정도밖에 떨어지지 않은 곳에 랭던과 소피가 서 있었다. 대화랑에서 보이지 않도록 화장실을 가리고 있는 칸막이 가운데 하나에 등을 기대고 섰다. 두 사람은 권총을 든 채 화장실 안으로 쏜살같이 뛰어 들어가는 파슈를 피해 간발의 차이로 몸을 숨길 수 있었다.

마지막 60초는 제대로 기억조차 못 할 정도로 정신없었다.

랭던이 자기가 저지르지도 않은 범죄 때문에 도망칠 수는 없다며 화장실 안에 버티고 서 있는 동안 소피는 경보 장치가 설치된 유리창을 꼼꼼히 살펴보기 시작했다.

"겨냥만 제대로 하면 여기서 빠져나갈 수 있을 거예요."

소피가 불현듯 울리는 휴대 전화 벨을 무시하며 말했다.

'겨냥?'

랭던은 불안한 마음으로 창밖을 내다보았다.

바퀴가 열여덟 개 달린 거대한 트럭 한 대가 창문 바로 아래에 있는 신호등을 향해 다가오고 있었다. 랭던은 자신이 짐작하는 소피의 생각이 실제 소피의 생각이 아니기를 간절히 바랐다.

"소피, 설마 여기에서 뛰어내리……."

"추적 장치를 꺼내세요."

랭던은 어리둥절한 얼굴로 주머니 속을 더듬어 자그마한 금속 원반을 꺼냈다. 그것을 받아든 소피는 곧바로 세면대 쪽으로 걸어갔다. 그리고 큼직한 비누를 집더니 추적 장치를 그 안으로 힘껏 쑤셔 넣었다. 원반이 말랑말랑한 비누 속으로 들어가자, 그녀는 구멍 주위를 손가락으로 뭉개서 추적 장치를 비누 속에 단단히 박아 넣었다.

소피는 비누를 랭던에게 건네준 뒤 세면대 아래에서 묵직한 원통형 쓰레기통을 꺼냈다. 랭던이 말릴 틈도 없이, 그녀는 마치 성벽을 부술 때 쓰는 무기인 공성 망치처럼 쓰레기통을 몸 앞에 든 채로 창문을 향해 돌진했다. 쓰레기통 밑바닥이 유리창 한복판을 강타하자 유리가 와장창 깨졌다.

머리 위에서 귀청이 떨어질 것 같은 경보음이 터져 나왔다.

"비누 이리 줘요!"

소피가 고함을 쳤지만, 경보음에 묻혀 겨우 들릴 정도였다.

랭던은 비누를 소피의 손에 넘겨주었다.

소피는 손바닥 위에 비누를 올려놓은 채, 깨진 유리창 사이로 아래에 있는 바퀴 열여덟 개짜리 트럭을 내려다보았다. 신호등 불빛이 바뀌려는 찰나, 소피는 숨을 크게 들이쉬고는 밤 공기 속으로 비누를 던졌다.

트럭을 향해 곤두박질친 비누는 파란 비닐 방수포 가장자리에 떨어졌다. 이윽고 신호등이 파란색으로 바뀌자 비누는 곧바로 화물칸 속으로 미끄러져 들어갔다.

"축하해요."

소피가 랭던을 문 쪽으로 끌고 가며 말했다.

"당신은 방금 루브르에서 탈출했어요."

두 사람은 화장실을 빠져나와 어둑한 곳으로 몸을 숨겼다. 바로 그때 파슈가 부리나케 뛰어 그곳을 지나갔다.

# 16장

"대화랑 뒤로 50미터쯤 가면 비상계단이 나와요. 이제 경비 요원들이 모두 건물 밖으로 나갔으니, 이곳을 빠져나갈 수 있어요."

소피가 말했다.

랭던과 소피는 어둠 속에서 나와 인적 없는 대화랑 복도를 살금살금 걸어갔다. 랭던은 발걸음을 옮기는 동안 마치 어둠 속에서 퍼즐 조각을 맞추는 기분을 느꼈다.

"혹시 **파슈**가 그 마지막 글귀를 바닥에 쓴 건 아닐까요?"

랭던이 속삭여 묻자 소피는 돌아보지도 않은 채 대꾸했다.

"불가능해요."

랭던은 아직도 확신이 서지 않았다.

"그는 나에게 죄를 덮어씌우려고 혈안이 되어 있잖아요. 바닥에 내 이름을 써 놓으면 자신의 주장에 도움이 될 거라고 생각했을 수도 있잖아요?"

"피보나치수열은요? P.S.는요? 다빈치와 여신 기호는요? 그 건 우리 할아버지가 쓴 게 **틀림없어요.**"

랭던은 소피의 말이 옳다는 것을 알았다. 오각별과 비트루 비우스 인체 비례, 다빈치, 여신 그리고 피보나치수열까지, 단 서가 되는 모든 상징이 완벽하게 맞아떨어졌다.

'명확한 상징 집합.'

소피가 말을 이었다.

"그리고 할아버지 전화는 오늘 오후에 왔죠. 할아버지는 나 한테 할 말이 있다고 했어요. 난 확신해요. 할아버지가 루브 르에 남긴 메시지는 아주 중요한 뭔가, 당신의 도움을 받아야 만 이해할 수 있는 뭔가를 나에게 말하려는 마지막 노력이었 다는 걸."

랭던은 얼굴을 찌푸렸다.

'아, 드라콘 같은 악마여! 오, 절름발이 성인이여!'

랭던은 진정 그 메시지의 의미를 풀고 싶었다. 소피를 위해 서 그리고 자기 자신을 위해서. 맨 처음 그 수수께끼 같은 글 귀를 본 뒤로 모든 상황이 점점 더 랭던에게 불리하게 돌아갔 다. 화장실 창문 밖으로 뛰어내린 연극도 파슈에게 좋은 인상 을 줄 리가 없었다. 프랑스 경찰 간부가 비누 조각을 추격해 체포하는 소동을 웃어넘길 리도 없었다.

"조금만 더 가면 출입구예요."

소피가 말했다.

"혹시 당신 할아버지의 메시지에 나오는 **숫자**들이 다른 글귀들을 이해하는 열쇠일 가능성은 없나요?"

랭던은 17세기 원고들을 분석하던 중 암호문의 특정 부분이 다른 부분을 해독하는 단서로 작용하는 경우를 본 적이 있었다.

"오늘 밤 내내 그 숫자들에 대해 생각해 봤어요. 하지만 아무것도 발견하지 못했어요. 수학적으로 그 숫자들은 무작위로 배열되어 있어요. 암호 해독 전문가에게는 아무 의미 없는 횡설수설일 뿐이에요."

"하지만 모두 피보나치수열에 나오는 숫자들이잖아요? 그게 단순한 우연일 수가 없지요."

"우연은 아니에요. 피보나치수열을 사용한 것은 내 관심을 끌기 위해 할아버지 방식으로 깃발을 흔든 셈이에요. 메시지를 영어로 쓴 것, 내가 가장 좋아하는 미술 작품의 자세를 취한 것, 자신의 몸에 오각별을 그린 것도 마찬가지죠. 모두가 내 관심을 끌기 위한 거예요."

"오각별도 당신에게 의미가 있다고요?"

"네, 미처 말할 기회가 없었는데, 어렸을 때 오각별은 할아버지와 나 사이에 아주 특별한 의미를 갖는 상징이었어요. 우리는 종종 재미로 타로를 했는데, 나를 가리키는 카드에는 **언제나** 오각별이 있었어요. 분명 할아버지가 몰래 속임수를 썼을 테지만, 아무튼 오각별은 우리에게 작은 재밋거리였어요."

랭던은 오싹한 기분이 들었다.

'둘이 타로를 했다고?'

중세 이탈리아의 카드 게임인 타로는 원래 교회가 금지한 신앙 체계를 전수하기 위한 비밀 수단으로 고안되었다. 많은 상징들이 숨겨진 스물두 장의 카드에는 '여교황', '여황제', '별' 등과 같은 이름이 쓰여 있다.

랭던은 생각했다.

'타로에서 오각별이 나오는 카드의 상징이 바로 여성의 신성함인데.'

이윽고 비상계단에 다다랐다. 소피는 조심스럽게 문을 열고는 랭던을 이끌고 1층을 향해 계단을 내려갔다. 둘은 점점 더 속도를 냈다. 랭던이 부리나케 소피를 뒤따르며 말했다.

"당신 할아버지 말입니다. 당신에게 오각별 이야기를 하면서 여신 숭배나 가톨릭교회에 대한 반감 같은 것을 드러내시지는 않았나요?"

소피는 고개를 저었다.

"나는 오각별의 수학적인 의미에 더 관심이 많았어요. 황금비, 파이(Phi), 피보나치수열, 뭐 그런 것들이요."

랭던은 깜짝 놀랐다.

"할아버지께서 파이 숫자를 가르쳐 주셨단 말이에요?"

"그럼요. 황금비."

소피는 갑자기 수줍어하며 말을 이었다.

"사실 할아버지는 내가 절반짜리 황금이라며 놀리기도 하셨는데……, 내 이름 철자 때문이죠."

랭던은 잠시 소피(Sophie)의 이름을 생각해 보고는 끙 하고 신음을 내뱉었다.

's-o-PHI-e.'

랭던은 계속 계단을 내려오면서 다시 파이에 생각을 집중했다. 그리고 소니에르가 남긴 단서들이 처음에 생각했던 것보다 훨씬 더 치밀하다는 사실을 깨닫기 시작했다.

'다빈치…… 피보나치수열…… 오각별.'

놀랍게도 이 모든 것이 하나의 개념으로 연결되었다. 그것은 예술사에서 핵심이 되는 개념이기 때문에 랭던도 수업 시간의 상당 부분을 그 주제에 할애하곤 했다.

'파이, 1.618.'

랭던은 문득 하버드 대학에서 강의한 〈예술에서의 상징〉 수업을 떠올렸다.

"칠판에 적은 이 숫자가 무엇인지 아는 사람 있습니까?"

그의 질문에 뒷자리에 앉은 수학과 학생이 손을 들었다.

"숫자 파이입니다."

그는 파이를 '피' 비슷하게 발음했다.

"좋아요, 스테트너. 자, 여러분, 그럼 파이를 만나 볼까요?"

"원주율을 나타내는 파이하고 헷갈리면 안 됩니다."

스테트너가 덧붙여 말했다.

랭던이 말을 이었다.

"숫자 파이. 즉, 1.618은 예술에서 무척 중요한 숫자입니다. 흔히 우주에서 가장 아름다운 숫자라고들 하지요."

랭던은 슬라이드 프로젝터를 준비하면서 숫자 파이는 피보나치수열에서 비롯되었다는 점을 설명했다. 그리고 식물과 동물, 심지어 인간조차도 1.618 : 1의 비율을 엄격하게 따르는 특징을 보인다는 사실을 설명했다.

랭던은 전등을 끄면서 말했다.

"자연계 곳곳에서 파이가 발견됩니다. 그래서 고대인들은 이 숫자를 우주의 조물주가 미리 정해 둔 숫자라고 믿었던 겁니다. 그래서 '신의 비율'이라고 부르기도 하고, 보다 흔하게는 황금비라고 하지요."

"잠깐만요. 생물학에서는 한 번도 황금비를 본 적 없는데요."

앞줄에 앉은 여학생이 말했다.

"그래요?"

랭던은 싱긋 웃고는 말했다.

"꿀벌 공동체에서 암수의 관계를 배운 적 있나요?"

"물론이죠. 암컷 숫자가 늘 수컷 숫자보다 많죠."

"그렇죠. 그러면 이 세상의 어떤 벌집이든 암컷의 수를 수컷의 수로 나눈 값이 늘 똑같다는 사실은 아나요? 그 값이 바로 숫자 파이입니다."

랭던은 나선형의 조개껍데기 사진을 슬라이드로 띄웠다.

"이게 뭔지 알겠어요?"

"연체동물의 일종입니다."

오른쪽에 앉은 한 학생이 대답했다.

"맞습니다. 그러면 한 나선의 지름과 그다음 나선의 지름 비율이 얼마일까요? 네, 그렇습니다. 파이. 황금비. 1.618."

랭던은 여러 장의 사진을 빠른 속도로 보여 주었다. 해바라기의 씨방, 솔방울 비늘의 나선형, 식물 줄기에서 뻗어 나가는 잎의 배열, 곤충의 해부학적 구조, 이 모든 것이 경이롭게도 황금비를 따르고 있었다.

"정말 신기하네요!"

누군가가 외쳤다.

"맞아요! 그런데 그게 **예술**하고 무슨 관계가 있죠?"

다른 학생이 물었다.

"아하! 좋은 질문이에요."

랭던이 말했다. 랭던은 레오나르도 다빈치의 유명한 남자 누드 작품 사진을 떠올렸다. 건축에 관한 황금비에 대해 글을 쓴 로마의 천재 건축가 마르쿠스 비트루비우스의 이름을 딴 작품인 〈비트루비우스의 인체 비례〉였다.

"다빈치 시대 때, 인체의 구조를 그 사람보다 잘 이해한 사람은 없었습니다. 다빈치는 인간 뼈 구조의 정확한 비율을 측정하기 위해 실제로 시신을 **파내** 해부까지 했지요. 그는 인간의 몸을 구성하는 요소는 언제나 정확하게 파이의 황금비를 따른다는 것을 최초로 입증한 인물입니다."

랭던은 빙긋이 웃고는 내처 말했다.

"이 수업에서 다빈치의 작품을 아주 많이 보게 될 텐데……여러분이 상상도 못 한 곳에 상징이 숨겨져 있답니다."


"어서요."

소피가 속삭였다.

"뭐 하는 거예요? 거의 다 왔어요. 서둘러요!"

갑작스러운 깨달음에 온몸이 굳어 있던 랭던은 그제야 고개를 들었다.

'아, 드라콘 같은 악마여! 오, 절름발이 성인이여!'

소피가 다시 한 번 그를 돌아보았다.

랭던은 생각했다.

'그렇게 단순할 리가 없는데.'

하지만 아무리 생각해 보아도 그렇게 단순한 것이 확실해 보였다.

루브르 박물관의 가장 깊은 곳에서…… 파이와 다빈치의 이미지가 머릿속에 소용돌이치는 가운데, 로버트 랭던은 불현듯 소니에르의 암호를 풀어냈다.

"'아, 드라콘 같은 악마여! 오, 절름발이 성인이여!' 이건 가장 단순한 형태의 암호예요!"

앞서 내려가던 소피가 계단에 멈춰 서서 의아한 표정으로 랭던을 올려다보았다.

"당신 입으로 직접 말했잖아요."

랭던의 목소리가 흥분으로 떨렸다.

"피보나치수열은 올바른 순서로 나열될 때만 의미가 있지, 그렇지 않으면 뒤섞인 숫자일 뿐이라고 말이에요."

소피는 랭던이 무슨 말을 하는지 갈피를 잡을 수 없었다.

"마구 뒤섞인 피보나치수열이 바로 단서예요."

랭던은 소피가 인쇄해 온 종이를 꺼냈다.

"이 숫자들은 메시지의 나머지 부분을 해독할 힌트예요. 당신 할아버지는 수열과 똑같은 방식으로 글귀를 해석하라고 말해 주려고 숫자들을 뒤섞은 겁니다. '아, 드라콘 같은 악마여! 오, 절름발이 성인이여!' 이 문장들은 **아무** 의미가 없어요. 순서를 뒤섞어서 쓴 **글자**들일 뿐이죠."

"그럼 이 메시지가…… 애너그램(단어나 문장을 구성하는 문자의 순서를 바꾸어 다른 단어나 문장을 만드는 놀이―옮긴이)이란 말이에요?"

소피는 랭던을 빤히 쳐다보았다.

랭던은 말없이 양복 주머니에서 펜을 꺼내 각 구절에 나오는 철자들을 다시 배열했다.

오, 드라콘 같은 악마여!(O, Draconian devil!)
아, 절름발이 성인이여!(Oh, lame saint!)

그것은 완벽한 애너그램이었다…….

레오나르도 다빈치!(Leonardo da Vinci!)
모나리자!(The Mona Lisa!)

# 17장

'모나리자.'

소피는 순간 루브르를 빠져나가야 한다는 사실조차 잊은
채 비상계단에 멍하니 서 있었다.

소피는 애너그램에 대한 충격 못지않게 자신이 그 메시지
를 해독하지 못했다는 사실이 당혹스러웠다. 랭던이 종이를
물끄러미 보며 말했다.

"당신 할아버지가 죽음을 눈앞에 둔 순간에 어떻게 그리
복잡한 애너그램을 만들어 냈는지 상상이 안 가는군요."

소피는 랭던이 품은 의문에 대한 답을 알고 있었고, 그 사
실을 깨닫자 더욱더 속상했다.

'나는 당연히 이걸 알아차렸어야 했어.'

소피는 할아버지가 젊은 시절에 취미 삼아 유명한 미술 작
품으로 애너그램을 만들곤 했었다는 사실을 이제야 떠올렸

다. 사실 소피가 어렸을 때 할아버지는 그런 애너그램 때문에 곤욕을 치르기도 했다. 소니에르는 미국의 한 미술 잡지와의 인터뷰에서 피카소의 걸작 〈아비뇽의 여인들(Les Demoiselles d'Avignon)〉은 '불쾌하고 무의미한 낙서(vile meaningless doodles)'의 완벽한 애너그램이라고 말함으로써 20세기 초의 입체파 운동에 대한 반감을 표했다. 물론 피카소 팬들이 달가워했을 리가 없었다.

"아마도 할아버지는 이 모나리자 애너그램을 오래전에 만들었을 거예요."

소피가 랭던을 올려다보며 말했다.

'그리고 오늘 밤 느닷없이 그 암호를 임시변통으로 사용할 수밖에 없는 상황에 내몰리신 거야.'

멀리서 할아버지의 목소리가 섬뜩할 정도로 또렷하게 들려왔다.

'레오나르도 다빈치!'

'모나리자!'

할아버지가 마지막 말을 남기면서 왜 이 유명한 그림을 언급했는지 소피는 알 길이 없었다. 하지만 생각할 수 있는 가능성이 딱 하나 있기는 했다. 그것은 대단히 걱정스러운 것이기도 했다.

'이게 할아버지의 마지막 말은 아닐 거야……'

혹시 〈모나리자〉를 찾아가 보라는 뜻일까? 거기에 두 번째 메시지가 있을까? 이 생각은 충분히 가능성 있는 추론인 듯했다. 더구나 그 유명한 그림은 대화랑을 통해서만 접근할 수 있는 특별 전시실에 걸려 있었다. 그 전시실의 출입문이 할아버지의 시신이 발견된 곳에서 겨우 20미터밖에 떨어져 있지 않다는 사실을 소피는 이제야 깨달았다.

소피는 어찌할 바를 몰라 비상계단을 돌아보았다. 당장 랭던을 데리고 박물관을 빠져나가야 한다는 것을 알고 있었다. 하지만 본능은 〈모나리자〉를 찾아가야 한다고 재촉했다. 만약 할아버지가 소피에게 들려줄 비밀을 갖고 있었다면, 이 지구상에서 만남의 장소로 삼기에 다빈치의 〈모나리자〉만큼 안성맞춤인 곳도 없을 것이었다.

"조금만 더 가면 모나리자가 있어."

소피가 어린 시절에 처음으로 드농관을 방문했을 때 할아버지는 그렇게 속삭였다. 할아버지는 소피의 자그마한 손을 꼭 잡고 관람 시간이 지나 인적이 끊긴 박물관 안을 걸었다.

소피가 여섯 살 때였다. 거대한 천장을 올려다보고 마룻바닥의 현란한 무늬를 내려다보던 소피는 자신이 몹시도 작고 하찮게 느껴졌다. 텅 빈 박물관은 무서웠지만, 소피는 할아버지에게 그런 마음을 들키고 싶지 않았다. 그래서 이를 꽉 물고는 할아버지의 손을 놓았다.

소피는 〈모나리자〉를 책에서 여러 번 보았지만, 전혀 마음에 들지 않았다. 왜 사람들이 하나같이 그 난리를 피우는지 도무지 이해할 수 없었다.

〈모나리자〉가 전시되어 있는 '살데제타'로 들어갔을 때, 소피는 좁다란 방 안을 휘 둘러보았다. 누구라도 곧장 알아볼

특등석에 시선이 꽂혔다. 오른편 벽 한복판에 초상화가 외따로 걸려 있고 그 앞은 안전유리로 보호돼 있었다. 할아버지가 그 그림을 향해 손짓했다.

"어서 가 보렴, 소피. 모나리자를 혼자 만날 수 있는 기회는 그리 흔치 않단다."

소피는 걱정스러운 마음을 가라앉히며 천천히 방을 가로질러 갔다. 〈모나리자〉에 대해 워낙 많은 이야기를 들은 탓에 마치 여왕님이라도 만나러 가는 기분이었다. 소피는 숨을 멈추고 위를 올려다보았다. 그림이 한눈에 들어왔다.

소피는 어떤 느낌을 기대했던 것인지 꼬집어 말할 수는 없었지만, 확실히 이런 느낌을 기대한 것은 아니었다. 가슴이 철렁하는 놀라움도 아니었고, 입이 쩍 벌어지는 경이로움도 아니었다. 너무도 유명한 이 여인의 얼굴은 책에서 본 것과 다를 바 없었다. 소피는 무언가 특별한 일이 일어나기를 기다리며 영원과도 같은 긴 시간 동안 잠자코 가만히 있었다.

"그래, 무슨 생각 중이니? 아름답다는 생각? 그런 거니?"

할아버지가 등 뒤에서 다가오며 속삭였다.

"너무 작아요."

소니에르는 빙긋이 웃었다.

"너도 작지만 아름답잖아."

'난 아름답지 않아요.'

소피는 자신의 빨간 머리와 주근깨가 싫었다. 게다가 소피는 같은 반 남자아이들보다 키가 더 컸다. 소피는 〈모나리자〉를 다시 돌아보고는 고개를 절레절레 저었다.

"뭔가를 알고 있는 듯한 표정이에요……. 학교에서 아이들이 무슨 비밀을 숨기고 있을 때처럼."

할아버지는 하하 웃었다.

"그게 바로 이 그림이 그토록 유명한 이유 중 하나란다. 사람들은 저 여자가 왜 미소 짓고 있는지 추측하려 들지."

"왜 미소 짓고 있는지 할아버지는 아세요?"

"글쎄다."

소니에르는 한쪽 눈을 찡긋하며 대답했다.

"언젠가 자세히 이야기해 주마."

소피는 발을 쾅 굴렀다.

"전 비밀 같은 것 싫어한다고 했잖아요!"

할아버지는 싱긋 웃었다.

"소피 공주, 삶은 비밀로 가득 차 있어. 그 모든 비밀을 한 번에 다 배울 수는 없단다."


"도로 올라가야겠어요."

소피가 단호하게 말했다. 텅 빈 계단통에 목소리가 울려 퍼졌다.

랭던이 흠칫 놀라며 물었다.

"〈모나리자〉가 있는 곳으로? **지금**요?"

소피는 어떤 위험을 무릅써야 하는지 가늠해 보았다.

"나는 살인 용의자가 아니에요. 위험하지만 이 기회를 놓치면 안 될 것 같아요. 할아버지가 나에게 뭘 말하려 했는지 알아내야 해요."

"대사관으로 가는 건 어떡하고요?"

소피는 랭던을 도망자 신세로 만들어 놓고 이제 와서 혼자 가라고 하려니 죄책감이 들었다. 하지만 달리 선택할 여지가 없었다. 그녀는 계단 아래 있는 철문을 가리켰다.

"저 문으로 나가세요. 그리고 불 켜진 '비상구' 표시를 따라가세요. 그러면 밖으로 나갈 수 있는 회전문이 나올 거예요."

소피는 랭던에게 자동차 열쇠를 건넸다.

"직원 주차장에 세워 두었어요. '스마트카'라고 부르는 빨간색 소형차예요. 미국 대사관까지 가는 길은 알죠?"

랭던은 손에 쥔 열쇠를 물끄러미 보며 고개를 끄덕였다.

소피가 한결 부드럽게 말했다.

"있잖아요, 아무리 생각해도 할아버지가 〈모나리자〉에 내가 봐야 할 메시지를 남겨 놓으신 것 같아요. 살인범이 누군지 밝히는 단서 같은 거요. 아니면 내가 위험에 처했다고 말한 단서거나."

'우리 가족에게 일어난 일에 대한 단서일 수도 있고.'

"아무튼 가서 봐야겠어요."

"하지만 만약 할아버지가 왜 당신이 위험에 빠졌는지를 경고하려던 것이라면, 왜 돌아가신 곳 바닥에 그냥 쓰지 않았을까요?"

"무슨 말을 남기시려 했든 간에, 다른 사람들에게는 알리고 싶지 않으셨던 것 같아요. 경찰에게조차. 이상하게 들릴지 모르지만, 할아버지는 내가 다른 사람보다 먼저 〈모나리자〉를 보기를 원하셨던 것 같아요."

"나도 가겠습니다."

"안 돼요! 대화랑이 언제까지 비어 있을지 모르잖아요. 당신은 떠나야 해요."

소피는 고마움이 담긴 미소를 짓고는 인사를 건넸다.

"대사관에서 봐요, 랭던 씨."

랭던은 못마땅한 표정을 지었다.

"좋아요. 하지만 조건이 **하나** 있습니다."

랭던은 결연한 목소리로 말했다.

소피는 흠칫 놀라 동작을 멈추었다.

"그게 뭐죠?"

"앞으로는 랭던 씨라고 부르지 마세요."

소피는 랭던의 얼굴에 희미하게 번지는 미소를 포착했다. 이윽고 자신의 얼굴에도 미소가 피어오르는 것을 느꼈다.

"행운을 빌어요, 로버트."

랭던이 계단을 다 내려왔을 때, 아마인유와 석고 가루 냄새가 코를 찔렀다. 머리 위에 켜진 '비상구' 표시등에 기다란 복도 쪽을 가리키는 화살표가 보였다.

소니에르의 기발한 애너그램이 아직도 랭던의 머릿속에 어른거렸다. 랭던은 소피가 〈모나리자〉에서 무엇을 찾아낼지 궁금했다. 뭔가 있다면 말이다. 소피는 자신이 그 유명한 그림을 찾아가서 재차 살펴보는 것이 할아버지의 뜻이라고 확신하는 듯했다. 설득력 있는 해석 같았다. 그러나 랭던의 마음에 여전히 문제 하나가 꺼림칙하게 남아 있었다.

'P.S. 로버트 랭던을 찾아라'.

소니에르는 바닥에 랭던의 이름을 쓰고, 소피에게 그를 찾으라고 했다. 도대체 왜? 단순히 소피가 애너그램을 풀 수 있도록 도와주라고? 그럴 것 같지는 않았다. 따지고 보면 랭던에게 애너그램을 푸는 특별한 재주가 있을 것이라고 소니에르가 생각할 이유도 없었다.

'애너그램은 원래 소피 혼자서 풀어야 하는 것이었어.'

랭던은 갑자기 이 생각이 옳다는 확신이 더욱더 강하게 들었다. 그러나 이렇게 결론을 내리면 소니에르의 행동을 설명하는 논리에 확실한 허점이 하나 남았다.

'왜 나였을까?'

랭던은 의문을 품은 채 복도를 걸어갔다.

'소니에르는 내가 무엇을 알고 있다고 생각한 걸까?'

그때 어떤 생각이 번쩍 떠올라 랭던은 우뚝 멈춰 섰다. 그리고 눈을 휘둥그레 뜬 채로 주머니를 뒤적여 프린트한 종이를 꺼냈다. 그러고는 소니에르가 남긴 메시지의 마지막 줄을 가만히 들여다보았다.

'P.S. 로버트 랭던을 찾아라'.

두 글자에 눈길이 꽂혔다.

'P.S.'

그 순간, 어지러이 뒤섞여 있었던 소니에르의 상징들이 하나의 또렷한 지점으로 모이는 것을 느꼈다. 평생 갈고 닦아온 기호학과 역사 지식이 우레와 같이 그의 주위에서 쏟아져 내리는 느낌이었다. 오늘 밤 자크 소니에르가 한 모든 행동이 갑자기 이해되었다.

　모든 상징이 암시하는 의미를 조합하느라 랭던의 생각이 줄달음쳤다. 그는 휘청이며 고개를 돌려 방금 지나온 쪽을 물끄러미 바라보았다.

　'시간이 될까?'

　하지만 그게 문제가 되지 않는다는 것을 그는 잘 알았다.

　랭던은 주저 없이 다시 계단을 향해 내달렸다.

# 18장

소피는 숨을 헐떡이며 〈모나리자〉가 걸려 있는 전시실의 육중한 나무 문 앞에 다다랐다. 그리고 안으로 들어가기 전에 전시실의 더 깊은 곳을 응시했다. 겨우 20미터쯤 떨어진 곳에 할아버지의 시신이 여전히 조명을 받으며 누워 있었다.

걷잡을 수 없는 회한이 밀려왔다. 죄책감과 슬픔이 뒤엉킨 감정이었다. 지난 10년 동안 할아버지는 소피를 향해 무수히 손을 내밀었지만, 그녀는 그 많은 편지와 소포를 뜯지도 않은 채 손녀를 만나려 애쓴 할아버지에게 등을 돌렸다.

'할아버지는 나한테 거짓말을 했어. 끔찍한 비밀을 숨기고 있었고! 나도 어쩔 수 없었어.'

이제 할아버지는 죽었고, 무덤에서부터 손녀에게 말을 건네고 있었다.

〈모나리자〉.

소피는 거대한 나무 문을 밀었다. 입구가 아가리처럼 빠끔 열렸다. 소피는 잠시 문간에 서서 직사각형 모양의 넓은 실내를 훑어보았다. 이 방에도 역시 은은한 붉은색 조명이 드리워져 있었다.

그런데 방으로 들어서기도 전에 소피는 물건 하나를 빠뜨렸다는 사실을 깨달았다. **불가시광선.** 만약 할아버지가 이 방에도 글을 남겼다면 틀림없이 스타일러스 펜으로 썼을 것이었다.

소피는 숨을 크게 들이마신 다음, 불이 환히 밝혀진 범죄 현장으로 후다닥 뛰어갔다. 차마 할아버지의 시신을 바라볼 수가 없어 범죄 현장의 장비에만 눈길을 주었다. 펜 모양의 작은 자외선 손전등이 보였다. 그녀는 손전등을 스웨터 주머니에 넣고 서둘러 복도로 나왔다. 그때 불그스레한 빛이 희미하게 비추는 어둑한 곳에서 유령 같은 형체가 불쑥 튀어나왔다. 소피는 소스라치게 놀랐다.

"여기 있었군요!"

쉰 소리로 속삭이는 랭던의 목소리가 공기를 가르는 동시에 그의 실루엣이 잽싸게 움직여 소피 앞에 멈춰 섰다.

소피는 가슴을 쓸어내렸다. 하지만 안심도 잠시였다.

"로버트, 여기서 나가라고 했잖아요! 만약 파슈가……."

"어디 갔다 오는 길이에요?"

소피는 손전등을 치켜들며 속삭였다.

"불가시광선이 필요해서요. 만약 할아버지가 나한테 메시지를 남기셨다면……."

"소피, 잘 들어요."

랭던은 숨을 가다듬고는 파란 눈동자로 소피를 응시하며 말했다.

"P.S.라는 글자 말이에요……, 혹시 그게 당신에게 다른 어떤 의미가 있지는 않나요? 어떤 의미든."

소피는 복도 전체로 목소리가 퍼져 나갈까 봐 걱정되어 랭던을 〈모나리자〉 쪽으로 더 끌어당긴 다음 육중한 문 두 짝을 조용히 닫았다. 이제 두 사람은 외부와 완전히 차단되었다.

"말했잖아요. 그 이니셜은 프린세스 소피를 뜻한다고."

"그건 알아요. 하지만 그걸 다른 데서 본 적은 없어요? 할아버지께서 P.S.를 다른 의미로 사용한 적은요? 문구나 다른 개인 용품 같은 데서 말이에요."

이 질문에 소피는 화들짝 놀랐다.

'로버트가 그걸 어떻게 알지?'

아닌 게 아니라, 소피는 로고 형태로 된 P.S. 이니셜을 본 적이 있었다. 아홉 살이 되는 생일 전날이었다. 소피는 집 안을 샅샅이 뒤져 할아버지가 숨겨 놓은 생일 선물을 찾았다. 심지어 그때도 그녀는 누가 자신에게 무언가를 비밀로 하는 것을 참지 못했다.

'올해는 할아버지가 무슨 선물을 준비했을까?'

소피는 찬장과 서랍장을 일일이 열어 보았다.

결국 소피는 용기 내어 할아버지의 침실로 슬그머니 들어갔다. 그 방은 소피의 출입이 금지된 곳이었지만, 마침 할아버지는 아래층 소파에서 자고 있었다.

'얼른 살펴보기만 할 건데, 뭐!'

소피는 까치발로 삐걱거리는 마룻바닥을 가로질러 옷장으로 다가갔다. 옷 뒤를 살펴보았지만 아무것도 없었다. 그다음 침대 밑을 찾아보았다. 역시 아무것도 없었다. 이어 서랍장으로 가서 서랍을 하나하나 열어 샅샅이 뒤져보기 시작했다.

'틀림없이 여기에 선물이 있을 거야!'

소피가 실망하며 마지막 서랍을 열었을 때, 검정 옷이 눈에 들어왔다. 이제껏 그 옷을 입은 할아버지의 모습을 한 번도 본 적이 없었다. 그 옷을 당겨 옆으로 치운 뒤 서랍을 막 닫으려는 순간, 서랍 뒤쪽에 놓인 반짝이는 금빛 물건이 눈길을 끌었다.

'목걸이인가?'

소피는 목걸이로 보이는 줄을 조심스럽게 당겼다. 뜻밖에도 줄 끝에 멋진 황금 열쇠가 달려 있었다. 묵직하고 은은하게 빛나는 열쇠였다. 소피는 홀린 듯이 열쇠를 집어 들었다. 여태껏 한 번도 보지 못한 종류의 열쇠였다. 납작하고 삐쭉빼쭉한 날이 있는 보통 열쇠와 달리 이 열쇠는 삼각형 기둥에 온통 작은 홈들이 파여 있었다. 큼지막한 머리 부분은 황금색 십자가 모양이었다. 아니, 네 기둥의 길이가 똑같아 십자가보다는 더하기 부호에 가까워 보였다. 십자가 한복판에는 기이한 기호가 돋을새김되어 있었다. 꽃무늬 문양과 얽혀 있는 알파벳 두 글자였다.

"P.S."

소피는 찌푸린 얼굴로 나지막하게 글자를 읽었다.

'도대체 이게 뭐지?'

"소피?"

문간에서 할아버지 목소리가 들렸다.

소피는 화들짝 놀라 뒤를 돌아보다가 그만 열쇠를 떨어뜨렸다. 바닥에서 땡그랑 소리가 났다.

"저는…… 생일 선물을 찾고 있었어요."

소피는 할아버지의 믿음을 저버렸다는 생각에 고개를 푹 숙인 채 말했다.

영원처럼 느껴지는 시간 동안 할아버지는 말없이 문간에 서 있었다. 그러다 고통스럽게 긴 한숨을 내쉬며 말했다.

"열쇠를 주워라, 소피."

소피는 할아버지 말대로 했다.

"소피, 다른 사람의 사생활을 존중할 줄 알아야 한다."

할아버지는 천천히 무릎을 굽혀 열쇠를 건네받았다.

"이 열쇠는 무척 특별한 거란다. 만일 네가 이걸 잃어버리기라도 했다면……."

할아버지의 목소리가 조용조용해서 소피는 더 겁이 났다.

"죄송해요, 할아버지. 정말로요."

소피는 조금 머뭇거리다 덧붙였다.

"목걸이가 제 생일 선물인 줄 알았어요."

할아버지는 잠시 손녀를 물끄러미 보았다.

"소피, 아주 중요한 것이니 한 번 더 얘기하마. 넌 다른 사람의 사생활을 존중하는 법을 배워야 해."

"네, 할아버지."

"이 문제는 나중에 다시 이야기하자꾸나. 지금 당장 정원 풀을 뽑아야 하니까."

소피는 얼른 방에서 나와 자기 몫의 일을 했다.

이튿날 아침, 소피는 할아버지에게서 생일 선물을 받지 못했다. 잘못을 저지른 터라 어차피 기대도 하지 않았다. 하지만 할아버지는 하루가 다 가도록 생일 축하한다는 말조차 건네지 않았다. 그날 밤 소피는 슬픔에 잠긴 채 침대로 터벅터벅 걸어갔다. 그런데 침대로 오르다가 베개 밑에서 간단한 수수께끼가 적힌 카드를 발견했다.

'이게 뭔지 알아. 보물찾기!'

소피는 열심히 머리를 굴린 끝에 수수께끼를 풀었다. 수수께끼의 답은 집 안의 다른 장소를 가리켰고, 그곳에는 또 다른 카드와 수수께끼가 있었다. 소피는 이 문제도 풀고 나서 다음 카드를 찾으러 뛰어갔다. 이렇게 단서를 찾아 집 안 곳곳을 누비다 보니, 결국은 자기 방을 가리키는 카드를 찾게 되었다. 우당탕 계단을 올라 자신의 방으로 후다닥 뛰어 들어간 소피는 우뚝 멈춰 섰다. 방 한가운데에 반짝반짝 빛나는 빨간 자전거가 놓여 있었다. 핸들에 리본이 묶여 있었다. 그녀는 행복에 겨워 소리를 빽 질렀다.

할아버지가 구석에서 싱그레 웃으며 말했다.

"네가 인형을 사 달라고 한 건 알아. 하지만 이걸 더 좋아할 것 같아서."

"할아버지."

소피가 할아버지를 안으며 말했다.

"고맙습니다. 그리고…… 열쇠 일은 정말 죄송해요."

"나도 안다, 예쁜이. 벌써 다 용서했어. 언제까지 너한테 화를 낼 순 없잖아. 원래 할아버지와 손녀는 늘 서로를 용서하며 지내는 거란다."

소피는 안 되는 줄 알면서도 도저히 묻지 않고는 배길 수가 없었다.

"뭘 여는 열쇠예요? 그렇게 생긴 열쇠는 한 번도 본 적이 없어요. 아주 예뻤어요."

할아버지는 한참 동안 아무 말도 하지 않았다. 소피는 할아버지가 어떻게 대답할지 몰라 고민하는 것을 알아챘다.

'할아버지는 절대로 거짓말을 안 하시니까.'

이윽고 할아버지가 입을 뗐다.

"어떤 상자를 여는 열쇠란다. 내가 여러 가지 비밀을 넣어 둔 상자."

소피는 입을 뿌루퉁하게 내밀었다.

"전 비밀 싫어해요!"

"나도 안다. 하지만 이건 아주 중요한 비밀들이란다. 그리고 언젠가 너도 그게 얼마나 중요한지 알게 될 거야."

"열쇠에 글자가 써 있었어요. 꽃도 그려져 있고."

"그래, 할아버지가 제일 좋아하는 꽃이지. 백합이란다. 우리 정원에도 있어. 하얀 꽃들 말이다. 영어로는 '릴리(lily)'라고 하지."

"나도 알아요. **나도** 그 꽃이 제일 좋아요!"

"그럼 하나만 약속하자꾸나."

할아버지는 눈썹을 치켰다.

"만약 네가 그 열쇠를 비밀로 잘 간직하고, 이 할아버지는 물론 누구에게도 두 번 다시 말하지 **않으면**, 언젠가 너한테 열쇠를 주마."

소피는 자신의 귀를 의심했다.

"정말로요?"

"약속하마. 때가 되면 그 열쇠는 네 것이 될 거야. 거기에 네 이름도 있지 않니?"

소피는 얼굴을 찡그렸다.

"아니요, 없어요. P.S.라고 쓰여 있잖아요. 그건 내 이름이 아닌걸요!"

할아버지는 혹시나 누가 엿들을까 봐 목소리를 낮추고 주위를 두리번거렸다.

"좋아, 소피. 네가 그렇게 **꼭** 알고 싶다면 말해 주지. P.S.는 암호야. 너의 비밀 이니셜이지."

소피의 눈이 휘둥그레졌다.

"저한테 비밀 이니셜이 있어요?"

"물론이지. 원래 손녀들은 **누구나** 할아버지만 아는 비밀 이니셜을 하나씩은 갖고 있지."

할아버지는 소피에게 간지럼을 태우며 말했다.

"**프린세스 소피.**"

소피는 키득키득 웃었다.

"전 공주가 아니잖아요!"

할아버지는 윙크를 하며 대꾸했다.

"나한테는 공주야."

그날 이후 두 사람은 두 번 다시 열쇠에 대해 말하지 않았다. 그리고 소피는 할아버지의 공주가 되었다.


"그 이니셜 말이에요."

랭던이 다시 말을 꺼냈다.

"그 이니셜 본 적 있어요?"

소피는 박물관 복도에서 할아버지의 속삭임이 들려오는 것만 같았다.

'이 열쇠에 대해서는 절대로 말하지 마라, 소피. 나는 물론이고 누구에게도.'

소피는 또다시 할아버지의 믿음을 저버릴 수밖에 없을까?

'P.S. 로버트 랭던을 찾아라'.

할아버지는 랭던이 도와주기를 바라셨으니…….

소피는 고개를 끄덕였다.

"네, 딱 한 번 보았어요. 아주 어렸을 때. 할아버지에게 무척 중요한 물건에서요."

랭던은 소피를 뚫어지게 바라보았다.

"소피, 이건 결정적이에요. 이 이니셜이 어떤 상징과 함께 있었는지 말해 줄 수 있어요? 혹시 백합인가요?"

소피는 너무 놀란 나머지 자기도 모르게 휘청거리며 뒷걸음질을 쳤다.

"하지만…… 당신이 어떻게 그걸 알았죠?"

랭던은 한숨을 내쉬고는 낮은 목소리로 말했다.

"내가 보기에 당신 할아버지는 비밀 단체의 조직원이었던 게 거의 틀림없습니다. 아주 오래되고 은밀한 종교 단체."

소피는 배가 꽉 조여 오는 것을 느꼈다. 소피 역시 그런 확신을 가진 터였다. 지난 10년 동안 소피는 그런 확신을 불러일으킨 사건을 잊으려고 애썼다. 10년 전에 상상할 수도, **용서할 수도 없는** 일을 목격했기 때문이다.

랭던이 말했다.

"P.S.라는 이니셜과 함께 새겨진 백합 문장, 그게 바로 이 조직의 공식 문장입니다. 조직의 상징인 문장이자 로고죠."

"그걸 어떻게 알죠?"

소피는 랭던이 **자신도** 그 조직의 회원이라고 말하지 않기를 간절히 기도했다.

"그 단체에 대해 글을 쓴 적이 있어요."

랭던의 목소리가 흥분으로 살짝 떨렸다.

"시온 수도회. 지금까지 지구상에 남아 있는 비밀 결사 중 가장 오래된 조직이죠."

소피는 처음 들어 보는 이름이었다.

랭던은 이제 빠르게 말을 쏟아냈다.

"시온 수도회 회원 중에는 역사적인 인물도 있어요. 보티첼리, 아이작 뉴턴 경, 빅토르 위고 같은 사람들이요."

이제 랭던의 목소리에는 학구열이 묻어났다.

"그리고 레오나르도 다빈치."

소피는 멍하니 랭던을 쳐다보았다.

"다빈치가 그 비밀 조직의 회원이었다고요?"

"다빈치는 1510년부터 1519년까지 조직의 수장인 기사단 장으로서 시온 수도회를 이끌었어요. 당신 할아버지가 레오나르도의 작품에 열정을 보인 것도 그 때문인지도 모르겠군요. 두 사람이 시대를 뛰어넘어 유대감을 가졌다고 할 수 있겠죠. 두 사람 모두 여신 도상학과 신성한 여성성에 매료되었고 교회를 경멸했으니까. 시온 수도회는 역사적으로 신성한 여성성을 숭배해 왔지요."

"그러니까 그 조직이 이교도 여신을 숭배하는 사이비 종교 집단이라는 말인가요?"

"단순히 이교도 여신 숭배가 아니에요. 더 중요한 것은, 그들이 고대 비밀의 수호자로 알려졌다는 사실입니다. 바로 그 때문에 그들은 어마어마하게 막강한 힘을 갖게 되었지요."

더할 나위 없이 확신에 찬 랭던의 눈빛에도 불구하고 소피는 직감적으로 그의 말을 곧이곧대로 믿을 수 없었다.

'비밀스러운 사이비 종교 집단이라고? 레오나르도 다빈치가 그 조직의 수장인 적도 있었다고?'

모든 게 터무니없는 소리로 들렸다. 하지만 아무리 떨쳐 버리려고 애써도 소피의 머릿속에 어느새 10년 전 기억이 떠올랐다. 실수로 할아버지를 놀라게 하고 지금까지도 도저히 받아들일 수 없는 장면을 목격했던 그 밤.

'어쩌면 설명이 가능할지도…….'

소피가 그런 생각에 잠겨 있을 때, 랭던이 말했다.

"현재 살아 있는 수도회 회원의 신분은 극비 사항이에요. 하지만 당신이 어렸을 때 본 P.S.와 백합 문장이 증거입니다.

그건 **오직** 시온 수도회와만 관련되어 있어요."

이제 소피는 할아버지의 행동을 이해하기 위해 랭던의 도움을 받아야 한다는 것을 깨달았다.

"당신이 잡히게 둘 수 없어요, 로버트. 의논해야 할 게 너무나 많아요. 당신은 여기에서 **나가야** 해요!"

랭던의 귀에는 소피의 목소리가 제대로 들리지 않았다. 이대로는 아무 데도 갈 수 없었다. 마치 새로운 곳에서 길을 잃은 느낌이었다. 랭던은 마치 물속에서 움직이듯 천천히 고개를 돌려 불그스름한 불빛 너머 〈모나리자〉를 쳐다보았다.

'백합(fleur-de-lis)…… 리자의 꽃…… 모나리자.'

모든 것이 얽혀 있었다. 시온 수도회와 레오나르도 다빈치의 가장 은밀한 비밀들을 드러내는 소리 없는 교향악이 울려 퍼지고 있었다.

# 19장

생쉴피스 성당은 대부분의 성당과 마찬가지로 거대한 로마 십자가 형태로 건설되었다. 중앙의 기다란 구역인 신도석이 중앙 제단과 곧장 연결되어 있고, 바로 그곳에 흔히 '트랜셉트'라고 부르는 짧은 구역이 십자가 모양으로 가로지르고 있었다.

신도석 제일 앞자리에 무릎을 꿇은 사일러스는 기도하는 척하면서 성당의 내부 구조를 살펴보았다. 오른쪽으로 고개를 돌리니 남쪽 트랜셉트가 보였고, 그곳 신도석 너머로 확 트인 공간이 눈에 들어왔다.

'바로 저기야.'

회색 화강암 바닥에 광택 나는 놋쇠가 길고 가느다란 줄처럼 박혀 있었다……. 교회 바닥을 비스듬하게 가로지르는 금빛 줄이었다.

'로즈 라인(Rose Line)이다.'

사일러스의 눈길이 바닥을 가로지르는 놋쇠 줄을 따라 오른쪽에서 왼쪽으로 천천히 움직였다. 줄은 대칭 구조를 이루는 건물에 걸맞지 않게 사일러스의 바로 앞 바닥에서 이상한 각도로 꺾여 사선으로 뻗어 있었다. 그런데 줄 끝에 뜻밖의 구조물이 서 있었다.

거대한 이집트 오벨리스크.

황금빛 로즈 라인은 90도로 꺾여 오벨리스크의 앞면을 타고 수직으로 올라갔다. 그렇게 10미터가 더 이어진 로즈 라인은 피라미드 모양 오벨리스크 꼭대기에 다다랐다.

사일러스는 생각했다.

'로즈 라인. 그들은 로즈 라인에 쐐기돌을 숨겼어.'

오늘 밤 사일러스가 시온 수도회의 쐐기돌이 생쉴피스 성당 안에 숨겨져 있다고 보고했을 때, 스승은 미심쩍어했다. 하지만 살해당한 사람들이 하나같이 이 성당을 가로지르는 놋쇠 선에 대해 말했다고 사일러스가 설명하자, 그는 그제야 뭔가를 깨달은 듯 숨을 삼키며 소리쳤다.

"로즈 라인 말이로구나!"

스승은 사일러스에게 생쉴피스의 기이한 건축 구조를 간략하게 설명해 주었다. 이 성당을 가로지르는 놋쇠 선은 남과 북을 잇는 선과 정확하게 일치했다. 이렇게 남북을 이은 선들은 잣대처럼 눈금을 매길 수 있어 옛날에는 일종의 해시계 역할을 했다. 스승은 이런 선을 흔히 '로즈 라인'이라고 부르며, 이것이 아주 유명하다고 설명해 주었다. 아주 오래전부터 상징으로서의 장미는 지도와 밀접한 관련이 있었다. 그래서 지도에서 동서남북 방위를 가리키는 나침반은 흔히 장미꽃 모양으로 그려졌다. 오늘날에도 장미 모양의 나침반이 그려진 지도는 가장 기본적인 항해 도구로 사용되며, 정북향 위에는 화살촉 또는 더 일반적으로 백합 문양이 그려져 있다.

지구상에서 자오선 또는 경선이라고도 부르는 로즈 라인은 북극과 남극을 잇는 가상의 선이다. 지구의 어떤 지점에서도 북극과 남극을 연결하는 선을 그을 수 있기 때문에 로즈 라인은 무수히 많다. 초창기의 항법사들은 그 수많은 선 중 어떤 것을 기준점이 되는 로즈 라인으로 정하느냐의 문제에 직면했다. 경도 0 또는 본초 자오선을 정해야 나머지 경선들을 측정할 수 있기 때문이었다.

오늘날 그 선은 영국의 그리니치를 지나간다. 1884년에 정해진 것이다.

하지만 그전만 해도 전 세계의 경도 0은 파리, 정확히 말하면 생쉴피스 성당을 통과했다. 생쉴피스에 있는 놋쇠 선이 바로 로즈 라인이며, 그것이 바로 세계 최초의 본초 자오선이었던 것이다.

"그러니까 전설이 사실이었군. 시온 수도회의 쐐기돌이 '장미(rose)의 표시 아래'에 묻혀 있다고 했거든."

스승이 사일러스에게 말했다.

이제 사일러스는 일어서서 제단을 마주한 채 한쪽 무릎을 꿇고 세 차례 경배 드렸다. 그러고는 왼쪽으로 방향을 틀어 오벨리스크로 이어진 놋쇠 선을 따라갔다. 그는 짜릿한 흥분으로 힘줄이 곤두선 채 오벨리스크 앞에 무릎을 꿇었다. 경배를 올리기 위해서가 아니라 행동을 개시하기 위해서였다.

'쐐기돌이 로즈 라인 밑에 숨겨져 있어.

생쉴피스의 오벨리스크 바닥 아래에.'

그가 받아 낸 네 사람의 진술은 똑같았다.

사일러스는 무릎을 꿇은 채 손으로 돌바닥을 쓸어 보았다. 그러고는 주먹으로 바닥을 가볍게 두들기기 시작했다. 놋쇠 선 주변 돌판을 하나하나 두드려 보았다. 이윽고 어느 한 곳의 소리가 특이하게 울렸다.

'바닥 밑에 빈 공간이 있어!'

사일러스는 미소를 지었다. 그가 살해한 사람들은 진실을 말했던 것이다.


상드린 수녀는 제단 위 높은 곳에 있는 성가대 발코니의 어둑한 자리에 웅크린 채로 난간 사이로 망토 입은 수도사를 조용히 엿보았다. 수녀의 가장 끔찍한 두려움이 현실이 되고 말았다. 이 방문객은 겉보기와 완전히 달랐다. 오푸스 데이 소속의 의문의 수도사는 생쉴피스를 구경하러 온 것이 아니었다.

그는 비밀 목적으로 왔다.

하지만 상드린 수녀는 단순한 성당 지킴이가 아니었다. 그녀는 보초병이었다. 그리고 오늘 밤 오벨리스크 앞에 이 낯선 사람이 서 있다는 것은 행동에 나서라는 신호였다.

# 20장

〈모나리자〉까지 채 20미터가 남지 않았을 때, 소피는 불가시광선을 켰다. 초승달 모양의 푸르스름한 불빛이 앞 바닥으로 쫙 퍼졌다. 그녀는 기뢰를 찾는 소해정처럼 바닥 이쪽저쪽에 불빛을 비추며 형광 잉크의 흔적을 찾아내려고 애썼다.

모든 것이 얽혀 있었다. 시온 수도회, 레오나르도 다빈치, 백합 문장…… 그리고 〈모나리자〉. 이제 소피와 랭던은 그것들 사이의 깊은 연관성을 찾아내 사건의 내막을 밝혀야 했다.

랭던은 세계적으로 가장 유명한 미술품인 〈모나리자〉의 위상이 여인의 불가사의한 미소와 아무 관계가 없다는 사실을 잘 알고 있었다. 한마디로 〈모나리자〉가 유명해진 것은 레오나르도 다빈치 본인이 이 작품을 자신의 최고 걸작으로 꼽았기 때문이었다. 다빈치는 여행할 때마다 이 그림을 가지고 다녔는데 그 이유를 물으면 여성의 아름다움을 가장 절묘하게 표현한 자기 작품과 떨어지기가 어려워서라고 답했다.

그럼에도 불구하고 많은 미술사 전문가들은 다빈치의 〈모나리자〉 숭배가 그림의 질과는 아무 상관이 없으며, 오히려 훨씬 더 심오한 이유가 있을 것이라고 의심했다. 즉, 그림의 물감 아래에 숨겨 놓은 비밀 메시지 때문이라는 것이다.

사실 〈모나리자〉의 비밀은 알 만한 사람들은 다 알지만 모르는 사람은 도통 모르는 이야기이며, 그런 이야기들 중 세계에서 문서로 가장 많이 기록되었다. 어지간한 예술사 교재마다 이 그림의 이중적 의미와 짓궂은 암시가 잘 설명되어 있다. 그러나 신기하게도 대중들은 여전히 모나리자의 미소를 엄청난 신비로 여겼다.

'신비 따위는 없지.'

랭던은 그렇게 생각하면서 앞으로 걸어 나갔다. 그림의 윤곽선이 희미하게 모습을 드러내기 시작했다.

'신비 따위는 없지.'

랭던은 다소 특이한 사람들에게 〈모나리자〉의 비밀에 대해 강연했던 일이 떠올랐다. 강연 대상은 교도소 재소자 여남은 명이었다. 교도소 시스템에 교육을 포함시키려는 대학 프로그램의 일환으로 진행된 강연이었다.

"혹시 알아차렸을지도 모르지만……."

랭던은 프로젝터로 도서관 벽에 띄운 〈모나리자〉의 사진을 향해 다가가며 말했다.

"얼굴 뒤에 있는 배경이 수평을 이루지 않습니다."

랭던은 확연히 두드러져 보이는 곳들을 가리켰다.

"다빈치는 왼쪽 지평선을 오른쪽보다 상당히 낮게 그렸습니다."

"실수로 망친 겁니까?"

한 재소자가 물었다.

랭던은 빙긋이 웃으며 답했다.

"아닙니다. 다빈치가 그런 실수를 쉽게 저지를 사람은 아니지요. 사실 이건 다빈치가 약간 속임수를 쓴 겁니다. 왼쪽 풍경을 낮게 그림으로써 모나리자 얼굴이 오른쪽에서 볼 때보다 왼쪽에서 볼 때 훨씬 커 보이도록 한 겁니다. 다빈치의 자그마한 장난인 셈이지요. 역사적으로 왼쪽은 여자를, 오른쪽은 남자를 상징했습니다. 다빈치는 여성의 열성적인 팬이었기 때문에, 〈모나리자〉도 오른쪽보다 왼쪽을 훨씬 더 품위 있게 보이도록 그린 겁니다."

한 근육질의 사내가 말했다.

"이봐요, 랭포드 씨. 〈모나리자〉가 사실은 여자 옷을 입은 다빈치 본인을 그린 것이라고 하던데."

웃음이 터졌다. 이윽고 웃음이 어느 정도 잦아들자 랭던이 대답했다.

"충분히 가능성 있는 이야기입니다. 다빈치는 장난꾸러기였어요. 하지만 그보다 다빈치는 남성과 여성 사이의 **균형**을 맞추는 데 신경 썼던 겁니다. 그는 인간의 영혼이 남성적인 요소와 여성적인 요소를 함께 갖추지 못하면 절대로 개화될 수 없다고 믿었습니다. 그래서 모나리자는 남성도 여성도 아니고 둘을 섞어 놓았다고나 할까요."

랭던은 잠시 뜸을 들인 다음 물었다.

"혹시 아몬이란 이집트 신에 대해 들어 보신 분 있습니까?"

이 질문에 정적이 흘렀다.

랭던은 매직펜을 집어 화이트보드로 향했다.

"이집트에는 다산과 풍요를 상징하는 신들이 있었지요. 자, 여기 남성 신 아몬이 있습니다."

랭던은 화이트보드에 아몬(Amon)이라고 썼다.

"그리고 여신 이시스가 있습니다. 이 여신을 가리키는 고대 그림 문자는 한때 L'Isa(리자)라고 일컬었습니다."

랭던은 화이트보드가 잘 보이도록 한 걸음 비켜섰다.


## AMON L'ISA(아몬 리자)


"혹시 떠오르는 게 있습니까?"

누군가 헉 숨을 뱉으며 말했다.

"모나리자(Mona Lisa)……."

랭던은 고개를 끄덕였다.

"여러분, 모나리자는 얼굴만 남녀가 섞인 게 아니라, 이름 또한 남성 신과 여신을 결합한 데서 비롯되었습니다. 여러분, **바로** 이것이 모나리자가 뭔가 알고 있는 듯 미소 짓는 이유이기도 합니다."


"할아버지가 여기를 다녀가셨어요."

소피가 갑자기 털썩 주저앉아 무릎을 꿇으며 말했다. 〈모나리자〉에서 3미터밖에 떨어지지 않은 곳이었다. 소피는 쪽모이 바닥의 한 지점에 손전등을 비추었다.

처음에 랭던은 아무것도 볼 수 없었다. 하지만 소피 옆에 무릎을 꿇고 앉자, 말라붙은 작은 액체 방울이 불가시광선을 받아 빛나는 것이 보였다.

'잉크?'

랭던은 문득 불가시광선의 용도를 떠올렸다.

'피다.'

랭던은 정신이 번쩍 들었다. 소피 말이 맞았다. 과연 자크 소니에르는 죽기 전에 〈모나리자〉를 찾아왔던 것이다.

소피가 일어서면서 속삭였다.

"아무 이유도 없이 여기까지 오시지는 않았을 거예요. 이곳에 나에게 전할 메시지를 남기셨겠죠."

소피는 〈모나리자〉를 향해 마지막 남은 몇 발짝을 걸어가 그림 바로 아래의 바닥을 전등으로 비추었다. 그리고 아무것도 깔려 있지 않은 바닥 곳곳에 불빛을 비추어 보았다.

"여기는 아무것도 없어요!"

바로 그 순간, 랭던의 눈에 〈모나리자〉 앞을 가로막은 보호유리 위로 자주색이 희미하게 어른거리는 것이 보였다. 랭던은 소피의 손목을 잡고는 불빛이 그림을 향하도록 천천히 손목을 움직였다.

두 사람은 그대로 얼어붙었다.

유리 위로 〈모나리자〉의 얼굴을 정면으로 가로질러 갈겨 쓴 네 어절이 자주색으로 빛나고 있었다.

# 21장

　루브르 박물관에서 몇 킬로미터 떨어진 파리의 강둑, 트레일러트럭 운전사가 어리둥절한 얼굴로 사법경찰국 부장을 멀뚱히 쳐다보고 있었다. 부장은 목구멍 깊은 곳에서부터 솟구치는 분노로 고함을 내지르며 비누 덩어리를 강물이 잔뜩 불어난 센강으로 던졌다.

　파슈는 얼굴을 찌푸리며 휴대 전화를 꺼냈다.

　미국 대사관의 야간 교환원이 잡지를 읽고 있을 때 전화벨이 울렸다.

　교환원이 전화를 받았다.

　"미국 대사관입니다."

　"안녕하십니까?"

　전화를 건 사람은 프랑스 억양이 섞인 영어로 말했다.

"도움이 좀 필요해서요."

남자의 목소리는 걸걸했으며 관료 느낌이 났다.

"그쪽 자동 응답 시스템에 나한테 남긴 전화 메시지가 있다고 들었습니다. 내 이름은 랭던입니다. 그런데 유감스럽게도 세 자리 숫자로 된 제 접속 번호를 잊어버렸습니다. 좀 도와주시면 대단히 감사하겠습니다."

교환은 당황하여 잠시 머뭇거렸다.

"죄송합니다, 선생님. 아주 오래된 메시지인가 보군요. 그 시스템은 2년 전에 없어졌습니다."

"자동 응답 시스템이 **없다고요**?"

"네, 선생님. 선생님께 메시지가 있었다면 저희 서비스 부서에서 메모해 두었을 거예요. 성함이 어떻게 되신다고요?"

하지만 아무 대꾸도 없었다. 전화는 이미 끊어졌다.


센강의 강둑에서 브쥐 파슈는 서성거렸다. 랭던이 파리 시내 전화번호로 전화를 걸어 비밀 번호를 누르고 녹음된 메시지를 듣는 것을 분명히 **보았다**.

'랭던이 대사관으로 전화한 게 아니면 대체 누구한테 전화한 거야?'

문득 파슈는 그 답이 자신의 손바닥 안에 있다는 사실을 깨달았다.

'랭던이 내 전화기를 썼잖아.'

파슈는 최근 통화 목록을 열어 맨 위 번호로 전화를 걸고 기다렸다.

잠시 뒤, 프랑스어 여자 음성이 들려왔다.

"안녕하세요. 소피 느뵈입니다. 저는 지금 집에 없습니다 만⋯⋯."

몇 분 뒤, 소니에르의 책상에 앉아 있던 콜레 반장이 부장의 전화를 받고는 도저히 믿기지 않는 듯 전화기를 귀에 바짝 갖다 댔다.

"비누 덩어리요? 그런데 랭던이 무슨 수로 위치 추적 장치를 알아냈을까요?"

"소피 느뵈."

"그런데 부장님⋯⋯, 만약 느뵈가 랭던에게 알려 주었다면, 랭던은 **지금** 어디 있는 거죠?"

"혹시 거기 경보 안 울렸나?"

"네, 안 울렸습니다."

"대화랑 철문 아래로 기어 나온 사람도 없고?"

"네. 루브르 박물관 경비원 한 명을 거기 배치해 두었습니다. 부장님 지시대로요. 그리고 그 두 사람이 나가는 모습을 본 자도 없습니다."

"좋아. 그렇다면 분명 랭던은 아직 대화랑 안에 있어."

# 22장

랭던은 안전유리 위에서 반짝이고 있는 네 어절 글귀를 들여다보고 깜짝 놀랐다. 글자가 마치 허공에 둥둥 떠 있는 것처럼 보였고, 〈모나리자〉의 신비로운 미소에 들쭉날쭉한 그림자를 드리웠다.

"시온 수도회."

랭던은 속삭였다.

"이것으로 당신 할아버지가 수도회 회원이라는 사실이 입증되었군요."

소피는 혼란스러운 표정으로 랭던을 쳐다보았다.

"저 말이 무슨 뜻인지 **이해한단** 말이에요?"

랭던은 고개를 끄덕였다. 머릿속에서 생각들이 걷잡을 수 없이 휘돌았다.

"시온 수도회의 가장 근본적인 철학 하나를 진술한 겁니다."

소피는 어리둥절한 표정으로 〈모나리자〉의 얼굴을 가로질러 갈겨쓴 메시지를 유심히 들여다보았다.

## 너무나 음흉한 남자의 속임수
### (So dark the con of man)

랭던이 말했다.

"소피, 시온 수도회의 여신 숭배 전통은 초창기 기독교 교회에서 막강한 힘을 가졌던 남자들이 거짓말을 퍼뜨려 세상을 '속였다'는 믿음에 토대를 두고 있어요. 그런 거짓말을 통해 여신과 여성을 숭배해 온 이교도 신앙을 남성의 가치를 높이 평가하면서 신성한 여성성을 악마와 진배없이 몰아붙이는 기독교로 개종시키는 데 성공했다고 보는 거죠. 그 결과 현대 종교에서 여신은 흔적도 없이 사라져 버렸고요."

소피는 여전히 반신반의하는 표정이었다.

"할아버지는 이 글귀를 찾아내라고 나를 이 자리까지 오게 했어요. **그게** 할아버지가 전하시려던 내용의 전부는 아닐 거예요."

랭던은 소피의 말뜻을 알아차렸다.

'소피는 이것이 또 하나의 암호라고 생각하고 있어.'

랭던은 여기에 또 다른 의미가 숨겨져 있는지 없는지는 지금 당장 말할 수 없었다. 다만 그는 여전히 소니에르의 메시지에서 문자 그대로 또렷하게 드러나는 의미와 씨름하고 있었다.

'너무나 음흉한 남자의 속임수. 그래, 무척 음흉하긴 했지.'

각박한 이 시대에 현대 교회가 베푼 수많은 선행을 부정할 사람은 아무도 없을 것이다. 하지만 폭력과 기만의 교회사 또한 반박할 수 없는 사실이다. 이교도와 여성 숭배를 '재교육' 하기 위한 잔혹한 십자군 전쟁은 무려 3세기 동안 이어졌으며 종종 끔찍한 만행을 벌였다. 성직자들은 저주받은 '마녀들'을 찾아내어 고문하고 제거하라는 지시를 받았다. 여기에서 '마녀들'이라 함은 여성 학자와 여사제를 비롯해 집시, 신비주의자, 자연을 사랑하는 이, 약초를 캐는 이, 그 밖에 '수상쩍은 방식으로 자연계와 교감하는' 모든 여성을 포함하는 말이었다. 산파들은 출산의 고통을 줄이는 약을 사용했다는 이유로 살해되었다. 교회는 출산의 고통이 에덴동산에서 선악과를 훔쳐 먹어 원죄를 저지른 이브에 대한 하느님의 정당한 벌이라고 주장했다. 그 결과 **5백만 명**이라는 경악할 만한 숫자의 여성이 말뚝에 묶여 화형을 당했다.

이러한 선전과 유혈 사태는 효과를 발휘했다. 바로 오늘날의 세계가 산 증거이다.

"로버트!"

소피가 랭던을 뒤로 확 잡아채며 속삭였다.

"누가 와요!"

랭던도 복도에서 다가오는 발소리를 들었다.

"이쪽으로!"

소피가 그렇게 말하고는 손전등을 껐다. 마치 랭던의 눈앞에서 소피가 증발해 버린 것 같았다.

순식간에 랭던은 완전히 장님이 된 듯했다.

"어느 쪽요?"

어둠에 눈이 익자, 소피가 방 한복판을 뛰어가 팔각형 모양의 벤치 뒤로 사라지는 모습이 어슴푸레 보였다. 랭던이 막 뒤따라가려는 순간 우레 같은 목소리가 들렸고, 랭던은 제자리에 얼어붙었다.

"꼼짝 마!"

한 남자가 문간에서 프랑스어로 소리쳤다.

랭던은 거의 곧바로 바닥에 얼굴을 처박았다. 경비원이 후다닥 뛰어와 랭던의 두 다리를 발로 차서 쫙 벌렸다.

랭던은 자신의 자세가 아이러니하다는 생각에 피식 웃음이 나왔다.

'영락없는 비트루비우스 인체 비례군. **얼굴을 처박긴** 했지만 말이지.'

# 23장

　생쉴피스 성당 안, 사일러스가 제단에 놓여 있던 묵직한 봉헌 철제 촛대를 들고 다시 오벨리스크로 향했다. 촛대는 돌판을 깨뜨릴 연장으로 쓰기에 충분해 보였다. 하지만 돌판을 깨려면 제법 큰 소리가 날 듯했다.

　대리석을 두드리는 쇠. 그 소리가 둥근 천장 아래에 울려 퍼질 것이었다.

　수녀가 그 소리를 듣게 될까? 지금쯤 수녀는 다시 잠들었으리라. 그렇지만 사일러스로서는 가급적 위험한 상황을 피하고 싶었다. 그래서 촛대 끝을 감쌀 천을 찾으려고 주위를 둘러보았지만, 제단에 깔린 아마포만이 눈에 들어왔다. 차마 그 천을 더럽히고 싶지는 않았다.

　'내 망토.'

　사일러스는 허리띠를 풀고 망토를 벗었다. 얼마 전에 상처

입은 등이 망토의 천에 쓸려 쓰라렸다.

아랫도리를 가리는 작은 속옷만 빼고 알몸이 된 사일러스는 촛대에 망토를 둘둘 말았다. 그러고는 돌판 한복판을 겨냥해 촛대로 힘껏 내리쳤다. 쿵, 둔탁한 소리가 났다. 대리석 돌판은 깨지지 않았다. 또 한 번 촛대로 내리쳤다. 다시 묵직한 소리가 났지만, 이번에는 쩍 갈라지는 소리가 더해졌다. 세 번째 시도, 마침내 돌판이 박살나더니 바닥 아래 허공으로 돌 파편들이 떨어졌다.

'물건을 넣을 수 있는 공간이야!'

사일러스는 남아 있는 돌판 조각들을 떼어 내고 안을 들여다보았다. 무릎을 꿇고 팔을 안으로 뻗자 심장이 고동쳤다.

처음에는 아무것도 느껴지지 않았다. 빈 공간 속의 바닥 역시 아무것도 없이 그냥 매끈한 돌이었다. 그런데 로즈 라인 바로 아래로 팔을 더 깊숙이 뻗자 무언가가 만져졌다. 두툼한 석판이었다. 사일러스는 그것을 꽉 잡아 조심스럽게 들어 올렸다. 일어나서 자세히 살펴보니, 대강 납작하게 깎은 돌에 글자가 새겨져 있었다. 사일러스는 순간 현대판 모세가 된 듯한 기분이었다.

석판에 쓰인 글을 읽고 사일러스는 놀랐다. 쐐기돌은 지도이거나 복잡한 지시문이 암호로 새겨져 있을 것이라 생각했었다. 그런데 쐐기돌에는 지극히 간단한 글이 새겨져 있었다.

'욥기 38장 11절'

사일러스는 그 성경 구절을 정확하게 기억하지는 못했지만, 욥기가 어떤 내용인지는 알았다. 거듭된 시련을 하느님을 향한 믿음으로 이겨 내고 살아남은 한 남자의 이야기였다.

'어울리는 이야기로군.'

사일러스는 간신히 흥분을 억누르며 그런 생각을 했다.

숨 막히는 정적 속에서 상드린 수녀는 발코니에서 내려와 자신의 거처로 뛰어갔다. 그리고 무릎과 손을 바닥에 대고 엎드려 나무 침대 밑으로 팔을 뻗어 오래전에 숨겨 두었던 봉인된 봉투를 꺼냈다.

봉투를 찢자 파리의 전화번호 네 개가 적힌 종이가 나왔다.

수녀는 떨리는 손으로 전화를 걸었다.

아래층, 사일러스는 석판을 제단에 올려놓은 다음, 간신히 흥분을 억누르며 가죽 성경을 향해 손을 뻗었다. 책장을 넘기는 길고 하얀 손가락이 어느새 땀으로 젖었다. 구약을 뒤져 욥기 38장을 찾았다. 손가락으로 책장을 훑어 내려가는 동안 그의 마음은 이제 곧 읽을 구절에 대한 기대감에 부풀었다.

'이 구절이 길을 안내할 거야!'

이윽고 11절을 찾은 사일러스는 말씀을 읽었다. 고작 일곱 어절로 이루어진 문장이었다. 사일러스는 어리둥절하여 그 문장을 다시 한 번 읽었다. 무언가 잘못되었다는 느낌이 들었다. 11절은 다음과 같았다.

'네가 여기까지 왔지만 이제 더 가지는 못하리니.'

# 24장

　루브르의 경비원 클로드 그루아르는 〈모나리자〉 앞에 납작
엎드려 있는 남자를 내려다보면서 화가 치밀었다. 그는 허리
띠에서 무전기를 꺼내 지원을 요청하려 했다. 하지만 지지직
거리는 소리만 들렸다.

　그루아르는 출입구 쪽으로 천천히 뒷걸음질 쳤지만, 금세
멈춰 섰다. 어둠을 뚫고 자신을 향해 다가오는 여자가 보였기
때문이다. 여자 바로 앞의 바닥에서 빛줄기가 이리저리 움직
이고 있었다. 여자는 보라색 빛을 뿜는 손전등으로 무엇을 찾
는 듯했다.

　"범죄 현장."

　여자는 계속 불빛을 비춰 바닥을 살피며 침착하게 말했다.

　"이름을 대시오!"

　그루아르가 프랑스어로 소리치자, 소피도 프랑스어로 차분

하게 대꾸했다.

"저예요. 소피 느뵈."

경비원은 머뭇거렸다. 무전기에서는 여전히 지지직거리는
소리만 났다.

"저 아시잖아요. 그리고 로버트 랭던은 우리 할아버지를 죽
이지 않았어요. 제 말 믿으세요."

경비원은 조금씩조금씩 물러섰다. 소니에르의 손녀라고 주
장하는 여자는 맞은편에서 자외선 손전등을 켜들고 〈모나리
자〉와 마주한 커다란 그림을 비추고 있었다.


소피 느뵈는 이마에 식은땀이 맺히는 것을 느꼈다. 그녀는
지금 다빈치가 남긴 또 하나의 명화 주위를 샅샅이 살펴보고
있었다. 그녀는 할아버지의 메시지를 정확하게 해독했다고
굳게 믿었다.

'어떤 다른 의미가 있을 수 있겠어?'

지금 소피가 살펴보고 있는 걸작은 세로 길이 1.5미터 작품
〈암굴의 성모(Madonna of the Rocks)〉였다. 다빈치는 위험하
게 튀어나온 바위들 앞에 부자연스럽게 앉아 있는 성모 마리
아와 아기 예수, 세례 요한, 천사 우리엘이 등장한 장면을 그
렸다. 소피가 어렸을 때 〈모나리자〉를 보러 올 때면 할아버지
는 매번 맞은편에 있는 이 두 번째 그림 앞으로 손녀를 이끌
고 갔다.

'생각을 해, 생각!'

지금 눈앞에 있는 그림에는 메시지를 적을 보호 유리가 설

치되어 있지 않았다. 더구나 할아버지는 직접 메시지를 써서 그림을 손상시킬 사람이 결코 아니라는 것을 소피는 잘 알고 있었다. 그녀는 동작을 멈췄다.

'적어도 작품 앞면에는 아무것도 없어.'

소피는 위를 보았다. 캔버스를 지탱하는 긴 케이블이 아래로 늘어져 있었다.

'혹시 저건가?'

소피는 조각을 새겨 장식한 나무 액자의 왼쪽을 붙잡고 앞으로 당겨 보았다. 그림이 꽤 큰 탓에 뒷면이 벽에서 떨어지자 액자 뒤판이 출렁거렸다. 소피는 머리와 어깨를 그림 뒤로 밀어 넣고 손전등을 쳐들어 뒷면을 살펴보았다.

직감이 틀렸다는 것을 깨닫기까지는 몇 초밖에 걸리지 않았다. 그림 뒷면에는 아무것도 없었다. 오래된 캔버스의 뒷면에 생기는 갈색 얼룩만 군데군데 보일 뿐, 보라색 글씨는 없었으며…….

'잠깐!'

소피의 눈길이 액자 뒷면 아래 가장자리에 끼워진 금속에 꽂혔다. 전혀 어울리지 않는 곳에서 금속이 반짝거리고 있었다. 은은하게 빛나는 금색 목걸이였다. 소피는 깜짝 놀랐다. 목걸이에 낯설지 않은 황금 열쇠가 달려 있었기 때문이다.

'그 열쇠다.'

널찍한 열쇠 머리는 십자가 모양이었고, 문장이 조각되어 있었다. 바로 백합 문장과 P.S.라는 이니셜이었다. 소피는 이 열쇠를 아홉 살 때 이후로 처음 보았다.

그 순간, 소피는 할아버지의 혼령이 귓가에 속삭이는 것만 같았다.

'때가 되면 열쇠는 네 것이 될 거야.'

소피는 목이 메었다. 할아버지는 죽어서까지 약속을 지켰다. 할아버지의 목소리가 말하고 있었다.

'여러 비밀을 넣어 둔 상자를 여는 열쇠란다.'

이제 소피는 오늘 밤의 모든 암호 게임의 목표물이 바로 이 열쇠였다는 것을 깨달았다. 할아버지는 살해될 당시 열쇠를 지니고 있다가 이 그림 뒤에 숨긴 게 틀림없었다. 그리고 손녀만 찾을 수 있도록 기발한 보물찾기를 생각해 냈던 것이다.

소피는 그림 뒤에서 열쇠를 집어 자외선 손전등과 함께 주머니에 넣었다. 그러고는 캔버스 뒤에서 밖을 엿보았다. 경비원이 무전 연결을 하려고 전전긍긍하는 모습이 보였다.

'아직은 외부와 연결할 수 없지.'

소피는 벽에 설치된 철통같은 통신 보안 장치 때문에 이 방을 나가기 전에는 무선 신호가 잡히지 않는다는 사실이 생각났다. 하지만 그루아르가 막 출입구에 근접했으므로 소피는 속히 행동해야 했다.

이제 레오나르도 다빈치가 오늘 밤 두 번째로 소피를 도와야 할 순간이었다.


"움직이지 마세요! 안 그러면 이걸 찢어 버리겠어요!"

프랑스어로 외치는 여자 음성이 방을 가르며 울려 퍼졌다.

경비원은 소리 나는 쪽을 살펴보고는 우뚝 멈춰 섰다.

"맙소사, 안 돼!"

불그스름한 불빛 사이로 그림을 떼어 바닥에 세운 채 붙들고 있는 소피가 보였다. 곧이어 캔버스의 한복판이 툭 불거지면서 성모 마리아와 아기 예수, 세례 요한의 섬세한 외곽선이 일그러지기 시작했다.

"안 돼!"

경비원이 다시 프랑스어로 외쳤다. 소피가 뒤에서 무릎으로 캔버스 한복판을 밀어 다빈치의 진귀한 작품을 망가트리고 있었던 것이다.

"총과 무전기를 내려놓으세요. 안 그러면 무릎으로 이 그림을 찢어 버릴 거예요. 그럼 우리 할아버지 기분이 어떨지 잘 아시죠?"

소피는 차분하게 대꾸했다.

경비원은 일단 두 손을 머리 위로 든 다음 소피의 말대로 총과 무전기를 내려놓았다.

"고마워요. 이제부터 제가 시키는 대로 하세요. 그러면 무사할 거예요."

잠시 후, 랭던은 소피와 함께 비상계단을 통해 1층으로 내려가고 있었다. 그의 맥박은 여전히 고동치고 있었다. 벌벌 떠는 루브르 경비원을 남겨 두고 온 뒤로 두 사람은 단 한마디도 하지 않았다. 경비원의 권총은 이제 랭던이 쥐고 있었다. 계단 두 단을 한 번에 뛰어 내려가면서 랭던이 말했다.

"몸값이 아주 비싼 인질을 골랐더군요."

"〈암굴의 마돈나(The Madonna of the Rocks)〉. 하지만 그건 내가 고른 게 아니에요. 할아버지가 고르신 거죠. 그림 뒤에 나에게 주는 조그만 선물을 남기셨거든요."

랭던은 놀란 표정으로 소피를 흘낏 보았다.

"뭐라고요? 그나저나 그 그림인지는 어떻게 알아냈어요? 왜 하필 〈암굴의 마돈나〉죠?"

"'너무나 음흉한 남자의 속임수'."

소피는 의기양양한 미소를 지어 보였다.

"처음 애너그램 두 개는 놓쳤지요, 로버트. 하지만 세 번째 까지 놓칠 수는 없잖아요."

# 25장

"죽었어요! 그들이 죽었어요!"

상드린 수녀가 생쉴피스의 거처에서 전화기에 대고 더듬거리며 말했다. 수녀는 지금 자동 응답기에 메시지를 남기는 중이었다.

"제발 전화 좀 받으세요! 다른 사람들은 모두 죽었어요!"

명단에 있는 처음 세 개의 번호로 전화해 본 결과는 처참했다. 한 통은 신경질적인 미망인이, 또 한 통은 살인 현장에서 심야 근무 중인 형사가 받았으며, 마지막 한 통은 유족을 위로하느라 비통함에 잠긴 신부가 받았다. 지금 수녀는 네 번째이자 마지막 번호에 전화를 건 것이었다. 이 번호는 처음 세개의 연락처가 모두 불발될 경우에만 전화하라고 했었다. 하지만 그마저도 메시지를 남기라는 자동 응답기 안내가 나왔을 뿐이었다.

"바닥의 돌판이 깨졌어요!"

상드린 수녀는 애원하는 목소리로 메시지를 남겼다.

"다른 세 사람은 죽었고요!"

상드린 수녀는 자신이 보호하는 네 사람의 신원을 알지 못했지만, 침대 밑에 숨겨 놓았던 전화번호들은 딱 한 가지 경우를 대비한 것이었다. 얼굴 없는 전달자는 이렇게 말했었다.

'만약 바닥의 돌판이 깨지는 일이 일어난다면, 그것은 우리의 보호망에 큰 구멍이 뚫렸다는 뜻입니다. 우리 중 하나가 목숨의 위협을 받아 거짓말이 불가피한 상황이라는 의미입니다. 그때 전화를 거십시오. 다른 사람들에게 경고를 하십시오. 절대로 실수해서는 안 됩니다.'

말하자면 그것은 소리 없는 경보였다. 아주 간단해 실패할 염려도 없었다. 곤경에 처한 한 형제가 거짓 정보를 흘리면, 그로 인해 다른 사람들에게 경고를 보내는 절차가 작동하게 되는 것이었다. 그러나 오늘 밤, 위태로운 처지에 처한 사람은 한 명만이 아닌 것 같았다.

"제발 전화 좀 받으세요."

상드린 수녀는 두려움에 떨며 속삭였다.

"어디에 계시는 거예요?"

"전화 끊으시오."

문간에서 굵직한 목소리가 들려왔다.

상드린 수녀가 겁에 질린 얼굴로 뒤돌아보니 오푸스 데이에서 온 거구의 알비노 수도사가 보였다. 그는 묵직한 철제 촛대를 움켜쥐고 있었다. 수녀는 부들부들 떨며 수화기를 내려놓았다.

수도사가 말했다.

"그들은 죽었습니다. 네 명 모두. 그런데 아무래도 그들이 나를 가지고 논 것 같단 말입니다. 쐐기돌이 어디에 있는지 말하시오."

"나는 모릅니다!"

수녀는 사실대로 말했다.

수도사는 하얀 주먹 안에 촛대를 움켜쥔 채 다가왔다.

"수녀님은 성당에 몸담은 자매님입니다. 그런데 어찌 **그자들**을 위해 일합니까?"

상드린 수녀는 당차게 대꾸했다.

"예수님이 남긴 참된 메시지는 오직 하나예요. 나는 오푸스 데이에서 그 메시지를 찾아볼 수 없었답니다."

수도사의 눈동자 속에서 돌연 분노가 터져 나왔다. 그는 앞으로 달려들며 촛대를 몽둥이처럼 휘둘렀다. 상드린 수녀는 쓰러지는 마지막 순간까지도 엄습해 오는 불길한 예감에 휩싸였다.

'네 사람 모두 죽었어.'

'소중한 진실이 영원히 사라지게 됐어.'

# 26장

드농관의 서쪽 끝에서 울린 경보 때문에 근처 튈르리 정원에 있던 비둘기들이 사방팔방으로 흩어졌다. 랭던과 소피는 파리의 밤거리로 뛰쳐나왔다. 광장을 가로질러 소피의 자동차를 향해 뛰어가는 동안 랭던은 멀리서 울리는 경찰 사이렌 소리를 들었다.

"저기 있어요."

소피가 광장에 주차된 앞이 짧고 뭉툭한 빨간색 2인승 승용차를 가리켰다.

'설마, 농담이겠지?'

랭던은 지금까지 그렇게 작은 자동차를 본 적이 없었다.

"스마트카예요. 리터당 100킬로미터를 달리죠."

랭던이 조수석으로 몸을 밀어 넣기 무섭게 소피는 총알같이 차를 몰아 차도와 인도를 나누는 갓돌을 넘어갔다. 차는 쏜살같이 인도를 가로질러 다시 루브르 광장의 로터리 안으로 뛰어들었다.

순간, 소피는 그대로 직진해 산울타리를 뚫고 나가 루브르 광장 중앙에 있는 거대한 원형 수풀을 가로질러 가려는 심산인 듯했다.

"안 돼!"

랭던이 비명을 질렀다. 루브르 카루젤 로터리를 에워싼 산울타리는 한복판에 있는 위험천만한 골을 가리려고 만들었다는 사실을 잘 알고 있었기 때문이다. 그 골은 랭던이 좀 전에 박물관 안에서 본 역피라미드, 즉 거꾸로 된 피라미드 모양의 채광창이었다. 이 조그만 자동차 정도는 한입에 삼켜 버릴 정도의 규모였다. 다행히 소피는 좀 더 평범한 길을 택하기로 마음먹었다. 그녀는 핸들을 오른쪽으로 획 꺾어 얌전히 돌아 빠져나온 뒤 왼쪽으로 진입해 속도를 내기 시작했다.

삐뽀삐뽀, 경찰 사이렌이 그들 뒤에서 더욱 크게 울렸다. 랭던은 자리에 앉은 채로 고개를 돌려 목을 쭉 내밀고는 사이드 미러로 박물관 쪽을 보았다. 경찰이 뒤쫓아 오는 것 같지는 않았다. 경찰차들의 경광등이 자아내는 푸른 불빛의 바다는 박물관으로 밀려들었다.

랭던은 고개를 돌려 말했다.

"짜릿했어요."

소피는 랭던의 말을 귓등으로 듣는 것 같았다. 그녀는 시선을 정면에 고정하고 있었다. 랭던은 좌석에 등을 기댔다.

'너무나 음흉한 남자의 속임수'.

소피의 재빠른 판단력은 감탄할 만했디.

'〈암굴의 마돈나〉.'

소피는 할아버지가 그림 뒤에 뭔가를 남겼다고 했었다.

'마지막 메시지일까?'

랭던은 그곳에 뭔가를 숨길 생각을 한 소니에르의 기발함에 감탄하지 않을 수 없었다. 새로이 상황이 전환될 때마다 레오나르도 다빈치에 대한 소니에르의 애정이 점점 더 선명하게 드러나는 것 같았다.

소피가 샹젤리제 거리를 쏜살같이 차로 내달릴 때 랭던이 말했다.

"그림 말입니다. 그 뒤에 뭐가 있었죠?"

소피의 눈길은 여전히 도로에 붙박여 있었다.

"무사히 대사관 안까지 들어가면 보여 줄게요."

랭던은 깜짝 놀라며 물었다.

"나한테 **보여** 주겠다고요? 할아버지께서 **진짜** 물건을 남기셨어요?"

소피는 고개를 까딱했다.

"백합 문장과 P.S.라는 이니셜이 새겨져 있어요."

랭던은 자기 귀를 의심했다.


'무사히 대사관까지 갈 수 있을 거야.'

소피는 생각했다. 이제 대사관까지 2킬로미터도 남지 않았다. 소피는 이제야 평소처럼 숨을 편히 쉴 수 있었다.

운전하면서도 소피는 주머니 속에 있는 열쇠와 오래전에

보았던 열쇠에 대한 기억에 집중했다. 십자가 모양의 황금색 머리 부분, 삼각형의 열쇠 몸통, 세공 자국, 꽃문양 그리고 P.S.라는 글자.

지난 10년 동안 그 열쇠가 소피의 머릿속에 떠오른 적이 거의 없었지만, 당시 무척 특이한 세공이 이제 더는 신비로워 보이지 않았다.

'레이저 세공이야. 복제가 불가능하지.'

레이저를 사용해 마맛자국처럼 섬세한 자국을 여러 개 낸 이 열쇠는 전자 판독기로만 읽을 수 있었다. 판독기가 육각형 모양의 자국들 사이의 거리와 배열, 회전하는 모양새 등의 정확성을 판정한 경우에만 자물쇠가 열린다.

열쇠 머리가 십자가 모양인 것은 열쇠의 주인이 어느 기독교 조직의 일원임을 암시했다. 하지만 소피는 이런 종류의 열쇠를 사용하는 교회에 대해 들어 본 적이 없었다.

'게다가 할아버지는 기독교 신자도 아니었잖아.'

소피는 이를 뒷받침하는 증거를 10년 전에 눈으로 직접 목격했다. 아이러니하게도, 할아버지의 실체가 소피에게 드러난 것은 훨씬 더 평범한 또 다른 열쇠 때문이었다…….

그날 오후는 따뜻했다. 소피는 샤를드골공항에 내려 택시를 타고 집으로 갔다.

'할아버지가 깜짝 놀라시겠지.'

영국에 있는 대학에서 공부하던 소피는 봄방학을 맞아 예정보다 며칠 일찍 집으로 돌아왔다. 그녀는 어서 빨리 할아버지를 만나 공부한 것들을 이야기하고 싶었다.

그러나 집에 도착해 보니 할아버지가 보이지 않았다. 실망한 소피는 할아버지가 오늘 손녀가 온다는 사실을 모른 채 아마도 박물관에서 일하고 있을 것이라고 짐작했다. 그러다 문득 깨달았다.

'그런데 토요일 오후잖아.'

할아버지는 좀처럼 주말에는 일을 하지 않았다. 주말에는 대개…….

소피는 활짝 웃으며 차고로 뛰어갔다. 아니나 다를까, 할아버지의 차가 보이지 않았다. 시내 운전을 무척 싫어하는 자크 소니에르는 딱 한 곳에 갈 때만 쓰려고 차를 소유하고 있었다. 바로 파리 서쪽의 노르망디에 있는 별장이었다. 몇 달 동안 복닥대는 런던에서 시달린 소피는 그렇지 않아도 자연의 향기가 그리웠다. 아직 초저녁이어서 당장 그곳으로 가 할아버지를 깜짝 놀라게 해 주기로 마음먹었다. 소피는 친구의 차를 빌려 서쪽으로 달려, 구불구불한 길을 따라 달빛만 드리워진 인적 없는 언덕으로 접어들었다. 할아버지의 은둔처로 이어지는 기다란 사유지 진입로로 접어들었을 때는 밤 10시 조금 넘어 있었다. 1.5킬로미터가 넘는 진입로를 절반쯤 지나자, 나무들 사이로 별장이 보였다. 언덕 비탈에 자리한 성처럼 크고 오래된 석조 건물이었다.

이 시각이면 할아버지가 잠들어 있을 것이라고 생각한 소피는 불 켜진 집을 보고는 마음이 설레었다. 그러나 이내 기쁨은 놀라움으로 바뀌었다. 진입로에 차들이 가득했기 때문이다. 벤츠, 비엠더블유, 아우디 등 고급차가 수두룩했고, 롤스로이스도 한 대 보였다.

소피는 잠시 차들을 멀뚱히 바라보다가 웃음을 터뜨렸다.

'할아버지도 참! 은둔자로 유명하시다더니!'

자크 소니에르는 겉보기만큼 철저한 은둔자는 아니었던 모양이다. 소피가 학교에 가고 없는 동안 파티를 연 듯한데, 차들만 봐도 파리에서 한가락 하는 유력 인사들이 방문한 게 틀림없었다.

소피는 서둘러 현관으로 갔다. 그런데 현관문이 잠겨 있었다. 소피는 문을 두들겼다. 아무도 나오지 않았다. 어리둥절한 소피는 건물 뒤로 돌아가 뒷문을 당겨 보았다. 그 문도 잠겨 있었고 아무 반응이 없었다.

소피는 영문을 몰라 잠시 가만히 서서 귀를 기울여 보았다. 들리는 소리라고는 계곡에 휘몰아치는 시원한 노르망디의 바람이 내뱉는 나직한 신음뿐이었다.

음악 소리도 들리지 않았다.

목소리도 들리지 않았다.

아무 소리도 들리지 않았다.

적막한 숲속에서 소피는 건물 옆으로 뛰어가 장작더미를 타고 오른 뒤 거실 창문에 얼굴을 갖다 댔다. 눈에 보이는 내부 모습은 전혀 뜻밖이었다.

"아무도 없잖아!"

건물 전체가 텅텅 비어 있는 것 같았다.

'사람들은 다 어디에 있지?'

쿵쾅거리는 심장 박동을 느끼며 소피는 헛간으로 뛰어가 할아버지가 불쏘시개 상자 아래에 숨겨 놓은 비상 열쇠를 꺼냈다. 그리고 현관으로 달려가 문을 열고 안으로 들어갔다. 텅 빈 홀에 들어서는 순간, 보안 시스템의 제어판에서 빨간 빛이 깜빡거리기 시작했다. 10초 안에 정확한 암호를 입력하지 않으면 도난 경보가 울린다는 경고 신호였다.

'파티하면서 경보기를 켜 놓았다고?'

소피는 재빨리 암호를 입력해 경보 장치를 해제했다.

안으로 들어서는 소피의 눈에 텅 빈 1층 전체가 들어왔다. 2층도 마찬가지였다. 사람 하나 없는 아래층 거실로 다시 내려온 소피는 잠시 정적 속에 서서 영문을 헤아려 보았다.

바로 그때, 그 소리가 들렸다.

웅얼거리는 것 같은 목소리. 소피가 선 곳 바로 아래에서 들려오는 듯했다……. 소피는 몸을 쭈그려 바닥에 귀를 댔다. 아니나 다를까, 소리는 틀림없이 아래에서 올라오고 있었다. 노랫소리 같았다. 아니…….

'기도문을 외우는 건가?'

소피는 더럭 겁이 났다. 소리도 소리지만 더 기이한 것은, 이 집에는 지하실이 없다는 사실이었다.

'적어도 난 한 번도 본 적 없는데.'

소피는 몸을 돌려 거실을 둘러보았다. 평소와 다른 물건 하나가 눈에 들어왔다. 할아버지가 제일 아끼는 골동품인 오뷔송 태피스트리(여러 가지 색실로 그림을 짜 넣은 직물로 벽걸이나 가리개 따위의 실내 장식품으로 쓰이며, 프랑스 오뷔송은 태피스트

리의 본고장으로 일컬어지는 곳이다—옮긴이)였다. 평소에는 벽
난로 옆 동쪽 벽에 걸려 있었는데, 오늘 밤에는 놋쇠 봉에 걸
린 천을 한쪽 옆으로 밀어 놓아 뒤에 있는 나무 벽이 훤히 드
러나 있었다.

그 벽을 향해 다가가자, 기도문 소리가 점점 더 크게 들려
왔다. 소피는 머뭇대며 나무 벽에 귀를 댔다. 이제 목소리가
더 또렷해졌다. 확실히 기도문을 읊조리는 소리였지만……
정확히 알아들을 수는 없었다.

'벽 뒤에 빈 공간이 있어!'

소피는 나무판 가장자리를 더듬어 보았다. 손가락이 들어
갈 만한 홈이 있었다. 정교하게 만든 손잡이였다.

'미닫이문이야.'

소피는 심장이 두근거리는 가운데 우묵한 손잡이에 손가락
을 넣어 문을 밀었다. 묵직한 문이 스르르 옆으로 열렸다. 문
너머 어둠 속에서 사람들 목소리가 메아리처럼 울려 퍼졌다.

문 안으로 들어서자, 돌을 깎아 만든 나선형 계단이 나왔
다. 소피는 어린 시절부터 이 집을 드나들었지만, 이런 계단
이 있는 줄은 전혀 몰랐었다!

아래로 내려갈수록 공기가 점점 서늘해지고 목소리는 점점
또렷하게 들려왔다. 이제 남자와 여자 목소리가 들렸다. 나선
형 계단이라 잘 보이지는 않지만, 어느새 마지막 계단이 눈
에 들어왔다. 그 너머로는 지하실 바닥 일부가 자그맣게 보였
다. 바닥에 주황색 불빛이 일렁였다.

소피는 숨을 죽인 채 다시 계단 몇 단을 살금살금 더 내려

간 다음, 몸을 웅크리고 아래쪽을 내려다보았다.

눈앞에 펼쳐진 광경을 이해하는 데는 몇 초가 걸렸다. 지하실은 작은 동굴 같았다. 언덕 비탈의 화강암을 파내서 만든 조잡한 암굴처럼 보였다.

벽에 걸어 놓은 횃불만이 유일하게 빛을 발했다. 횃불의 불꽃 아래에 서른 명쯤 되는 사람들이 방 가운데에 동그랗게 모여 서 있었다.

'꿈일 거야.'

소피는 혼잣말을 했다.

'꿈이야. 꿈이 아니면 뭐겠어?'

방 안에 있는 사람들은 하나같이 가면을 쓰고 있었다. 사람들이 거대한 체스판에 놓인 말 같았다. 여자들은 얇은 흰색 가운을 입고 금빛 신발을 신고 있었다. 가면도 흰색이었고, 손에는 둥근 금빛 물건을 들고 있었다. 남자들은 기다란 검은색 튜닉을 입었고, 가면도 검은색이었다. 둥글게 선 사람들이 하나같이 몸을 앞뒤로 흔들면서 경배의 기도문을 읊었다. 그 사람들 바로 앞 바닥에 뭔가가 있었지만 소피에게는 보이지 않았다.

일정한 기도문 소리가 점점 빨라지더니 이윽고 우레 같이 커졌으며 더욱 빨라졌다. 이제 사람들이 모두 한 발짝 안쪽으로 움직이더니 무릎을 꿇었다. 바로 그 순간, 마침내 소피는 그들이 무엇을 지켜보고 있는지 두 눈으로 확인했…….

소피는 경악하며 비틀비틀 뒷걸음질을 쳤지만, 방금 목격한 장면은 낙인처럼 기억에서 영원히 지워지지 않을 것 같은 느낌이었다. 소피는 금방이라도 토할 것 같아 몸을 홱 돌려 벽을 부여잡고 계단을 올라갔다. 그리고 미닫이문을 닫고는 빈 집을 빠져나온 뒤, 넋 나간 사람처럼 눈물을 흘리며 차를 몰아 파리로 돌아갔다.

그날 밤, 소피는 자신의 삶이 환멸과 배신감으로 산산조각 났다고 생각했다. 소피는 짐을 꾸려 집을 떠났다. 식탁에 덩 그러니 쪽지 한 장을 남긴 채.

**거기 갔었어요. 나를 찾지 마세요.**

쪽지 옆에는 헛간에서 꺼낸 낡은 비상용 열쇠를 두었다.

"소피!"

느닷없이 랭던의 목소리가 들렸다.

"차 세워요! **세워!**"

소피는 회상에서 깨어나며 힘껏 브레이크를 밟았다. 차가 끽 소리를 내며 멈춰 섰다. 랭던이 쭉 뻗은 앞의 도로를 가리 키자, 소피는 피가 얼어붙는 듯했다. 경찰차 두 대가 백 미터 앞 교차로를 가로막고 서 있었다. 비스듬히 세워진 차들의 의 도는 분명했다.

'경찰이 길을 봉쇄했어!'

랭던은 무거운 한숨을 푹 내쉬었다.

"오늘 밤에는 대사관은 출입이 금지된 것 같군요."

'좋아, 소피. 아주 천천히 차를 돌려.'

소피는 전진, 후진, 이어 다시 전진을 해 차를 반대 방향으로 돌렸다. 차가 출발하는 순간, 뒤에서 끼익 하는 타이어 소리가 들렸고 뒤이어 사이렌이 요란하게 울렸다.

소피는 욕을 내뱉으며 힘껏 가속 페달을 밟았다.

# 27장

소피의 스마트카가 거리를 질주하는 동안, 랭던은 새하얗게 질린 채 조수석에 앉아 있었다. 문득 괜히 도망쳤다는 생각이 들었다. 지금 당장은 소피가 경찰을 따돌린 듯했지만, 행운이 오래 갈 것 같지는 않았다.

소피는 한 손으로 운전대를 잡은 채 스웨터 주머니를 뒤적였다. 그리고 조그만 금속 물체를 꺼내 랭던에게 내밀었다.

"로버트, 이거 한번 봐요. 이게 바로 할아버지가 나를 위해 〈암굴의 마돈나〉 뒤에 숨겨 놓은 물건이에요. 레이저로 깎은 열쇠죠."

랭던은 기대감에 약간 몸을 떨며 물건을 받아 찬찬히 살펴보았다.

'열쇠라고?'

랭던이 난생처음 보는 물건이었다.

"반대쪽을 보세요."

소피가 차선을 바꾸더니 미끄러지듯이 교차로를 통과하며 말했다.

열쇠를 뒤집은 랭던의 입이 쩍 벌어졌다. 십자가 한가운데에 복잡하게 돋을새김한 세련된 백합 문양과 함께 P.S.라는 글자가 새겨져 있었다.

"소피, 이게 바로 내가 말했던 문양이에요! 시온 수도회의 공식 문장이지요."

소피는 고개를 끄덕였다.

"할아버지는 나한테 두 번 다시 이 물건에 대해 말 꺼내지 말라고 하셨어요."

랭던의 눈길은 여전히 돋을새김으로 세공된 열쇠에 꽂혀 있었다. 첨단 기술을 사용한 세공과 아주 오래된 상징이 어우러져 고대와 현대 세계가 결합된 듯 기이한 느낌을 자아냈다.

"여러 비밀이 들어 있는 상자를 여는 열쇠라고만 말씀하셨고요."

랭던은 오싹한 기분이 들었다. 시온 수도회는 비밀을 사수한다는 단 하나의 목적을 위해 존재했다. 믿을 수 없을 만큼 강력한 힘을 가진 비밀이었다.

"정확히 어떤 상자를 여는 열쇠인지 알아요?"

랭던의 물음에 소피는 실망스러운 표정을 지었다.

"나는 **당신**이 알 줄 알았는데요."

랭던은 말없이 손에 쥔 십자가를 뒤로 돌려 보았다.

"기독교와 연관된 것 같아요."

소피가 말했다.

랭던은 그 점에 대해서는 그리 확신이 들지 않았다. 열쇠의 머리는 가로세로 길이가 똑같은 십자가 모양이었는데, 이것은 기독교보다 1천5백 년이나 앞서 출현한 상징이었다. 이 종류의 십자가는 로마인들이 고문과 처형을 위해 고안한, 세로가 가로보다 더 긴 라틴 십자가와 달랐다.

"소피, 내가 말할 수 있는 건 딱 하나, 이처럼 가로세로 길이가 같은 십자가는 **평화**를 상징하는 것으로 여겨진다는 점입니다. 수직과 수평의 균형은 남성과 여성의 자연스러운 결합을 의미하지요. 시온 수도회의 믿음과 잘 들어맞는 상징이라 할 수 있습니다."

소피가 백미러를 살펴보며 말했다.

"좋아요. 이제 도로에서 빠져나가야겠어요. 이 열쇠가 어디에 쓰이는지 알아낼 수 있는 안전한 장소가 필요해요."

랭던은 리츠 호텔의 편안한 방으로 돌아가고 싶은 마음이 간절했지만 당연히 꿈도 못 꿀 일이었다.

"당신의 지인들이 있지 않나요? 여기에 살잖아요."

"파슈가 내 통화와 이메일 기록을 확인하고 내 직장 동료들도 들쑤실 테니 안 돼요. 호텔도 좋지 않아요. 어느 호텔이든 신원을 확인하니까."

"그럼 대사관에 전화해 봐야겠는데요. 내가 상황을 설명하고 어딘가로 사람을 보내 달라고 해 보죠."

"사람을 보내요?"

소피가 고개를 돌려 정신 나간 사람 보듯이 랭던을 쳐다보았다.

"로버트, 꿈 깨세요."

소피는 고개를 절레절레 젓고는 말을 이었다.

"지금 대사관에 전화하면, 당신더러 파슈에게 자수하라고 할 거예요. 그런 다음 공정한 재판을 받을 수 있도록 외교적 수단을 강구하겠다는 약속을 덧붙이겠죠."

소피는 샹젤리제의 화려한 상점들을 보며 말을 이었다.

"현금 얼마나 갖고 있어요?"

랭던은 지갑을 확인해 보았다.

"백 달러요. 유로화도 조금 있고. 왜요?"

"신용카드는요?"

"물론 있지요."

소피는 다시 한 번 백미러를 보았다.

"지금까지는 경찰을 따돌렸지만, 이 차로는 5분도 채 못 버틸 거예요."

소피는 말을 멈추고는 단호하게 고개를 끄덕이더니 재빨리 스마트카를 몰아 로터리로 들어섰다.

"나를 믿어요."

랭던은 아무 대꾸도 하지 않았다. 오늘 밤 믿는 도끼에 여러 번 발등을 찍힌 터였다. 랭던은 재킷 소매를 들춰 시간을 확인했다. 수집가 용의 고전적인 미키마우스 손목시계였는데, 열 살이 되던 생일날 부모님께 받은 선물이었다. 숫자판이 유치해서 이상한 눈으로 보는 사람들이 꽤 있었지만, 랭던은 평생 다른 손목시계를 차 본 적이 없었다. 그는 디즈니 만화 영화를 통해 처음으로 형태와 색상의 마법에 눈을 떴고, 요즈음은 매일 미키의 모습을 보며 마음만은 늘 젊게 살자는 생각을 일깨우곤 했다. 그러나 지금 미키의 두 팔은 낯선 각도로 벌어져 낯선 시각을 가리키고 있었다.

새벽 2시 51분.

"재미있는 시계네요."

소피가 말했다.

"얘기하자면 길어요."

랭던은 옷소매를 내리며 대꾸했다.

"그럴 것 같네요."

소피는 설핏 미소를 짓고는 로터리를 빠져나와 도심 바깥쪽으로 차를 몰았다. 이제 차는 외교관들이 사는 부자 동네의 가로수 거리를 벗어나 곧 더 어둑한 공단 지역으로 들어설 참이었다. 잠시 뒤, 랭던은 이곳이 어디인지 깨달았다.

생라자르역.

'기차역이구나.'

유럽의 기차역은 결코 잠드는 법이 없었다. 심지어 이 시간에도 역의 중앙 출입구 근처에 빈 택시 대여섯 대가 한가로이 서 있었다. 노점상들은 가판대를 펼쳐 놓고 샌드위치와 생수를 팔았고, 배낭을 멘 꼬질꼬질한 아이들이 눈을 비비며 역에서 나와 지금 여기가 어느 도시인지 기억해 내려는 듯 주위를 두리번거렸다. 소피는 한 줄로 늘어선 택시 꽁무니에 차를 세웠다. 랭던이 무슨 일이냐고 묻기도 전에 소피는 차에서 내렸다. 그러고는 앞에 있는 택시로 다가가 기사에게 뭐라고 말을 걸었다.

랭던은 차에서 내리다가 소피가 택시 기사에게 현금을 한 움큼 건네는 모습을 보았다. 택시 기사는 고개를 끄덕이더니, 그들을 태우지도 않고 휭 떠나 버렸다. 랭던은 어리둥절했다.

랭던은 택시가 사라진 뒤 혼자 길가에 선 소피에게 다가가 물었다.

"도대체 무슨 일이에요?"

소피는 이미 기차역 출입구로 향하고 있었다.

"서둘러요. 파리를 최대한 빨리 떠나는 기차표 두 장을 사야 해요."

# 28장

작고 평범한 검은색 피아트 승용차가 로마의 공항에서 아링가로사 주교를 맞이했다. 아링가로사는 검은 사제복 자락을 한데 모아 쥐고는 뒷좌석에 올라 간돌포성으로 향했다. 다섯 달 전과 똑같은 경로였다.

주교는 한숨을 푹 쉬었다.

'작년 로마 방문은 내 평생 가장 긴 밤이었어.'

다섯 달 전, 바티칸은 아링가로사에게 전화해 당장 로마로 오라고 지시했다. 이유도 설명해 주지 않았다. 아링가로사는 내키지 않았지만 초대를 받아들일 수밖에 없었다. 여느 보수적인 성직자들과 마찬가지로 그는 새 교황을 지지하지 않았다. 전례 없을 정도로 진보적인 새 교황은 재위 1년을 보내고 어느 정도 자리가 잡히자 '바티칸의 교리에 젊은 기운을 불어 넣고 가톨릭교를 새로운 밀레니엄에 맞게 갱신하는 것'이 교황의 임무라고 선언하였다.

이는 현대 사회에서 진정한 가톨릭 규율을 지나치게 불편하게 여기는 사람들의 마음을 사로잡기 위해 인간이 하느님의 법률을 고쳐 쓸 수 있다고 생각할 만큼 실제로 오만해졌다는 것을 의미한다며 아링가로사는 우려를 표했다. 아링가로사의 생각은 달랐다.

'사람들에게는 교회가 제시하는 체계와 방향이 필요하다.'

그는 그렇게 주장했다. 그리고 교황과 그의 조언자들에게 다른 길을 택하라고 설득하기 위해 자신의 영향력―오푸스데이의 규모와 자금력을 고려하면 상당한 영향력―을 총동원하였다.

다섯 달 전 그날 밤, 아링가로사는 마중 나온 차가 바티칸 시국으로 향하지 않고 구불구불한 산길을 따라 동쪽으로 가는 것을 보고 놀랐다.

"어디로 가는 겁니까?"

그가 기사에게 따져 물었다.

"알바니구릉이요. 모임은 간돌포성에서 열릴 겁니다."

기사가 대답했다.

'교황의 여름 휴양지?'

아링가로사는 그곳에 가 본 적 없고, 가 보고 싶지도 않았다. 16세기에 지어진 이 성채는 교황의 여름 휴양지일 뿐만 아니라 유럽의 최첨단 천문대 중 하나인 바티칸 천문대가 자리한 곳이기도 했다. 아링가로사는 바티칸이 어쭙잖게 과학에 관여하려 드는 것이 늘 불편했다. 왜 과학과 신앙을 결합

시키려는 것일까?

벼랑 끄트머리에 걸터앉듯이 자리 잡은 간돌포성은 대단한 볼거리였다. 이 성은 여러 단으로 이루어진 방어막을 구축함으로써 아찔한 벼랑이라는 지리적 환경의 강점을 잘 살렸다. 그리하여 방어에 뛰어난 독보적 건물로 평가되었다. 그런데 바티칸은 망원경을 설치하기 위해 지붕에 두 개의 거대한 알루미늄 돔을 올렸다. 아링가로사는 안타깝게도 건물이 망가졌다고 생각했다. 결국 한때 위엄 있던 건축물이 마치 파티용 모자 두 개를 뒤집어쓴 위풍당당한 전사처럼 우스꽝스러워지고 말았다.

아링가로사가 차에서 내리자, 한 젊은 예수회 사제가 황급히 나와 그를 맞았다.

"주교님, 어서 오십시오. 저는 만가노 신부입니다. 이곳에서는 천문학자이기도 하지요."

아링가로사는 신부의 인사에 퉁명스레 대꾸하고는 그를 따라 로비로 들어섰다. 르네상스 미술품과 천문학 사진 등으로 장식한 탁 트인 공간이었다. 안내인을 따라 널찍한 대리석 계단을 오르면서 아링가로사는 회의실과 과학 강의실, 관광 안내소 등을 알리는 표지판을 보았다.

'바티칸이 미쳤다니까. 교회가 자꾸만 물렁해지고 있어.'

꼭대기 층의 복도는 한쪽 방향으로만 나 있었다. 복도 끝에 금속 팻말이 걸린 육중한 참나무 문 두 짝이 보였다.

## 천문학 도서관

아링가로사는 이 바티칸 천문학 도서관에 2만 5천 권의 장서가 있으며, 그중에는 코페르니쿠스와 갈릴레이, 케플러, 뉴턴, 세키처럼 15에서 18세기에 활동한 철학자와 과학자들의 희귀한 저서도 있다는 소문을 들었다. 교황 주변의 최고위층 인사들이 은밀한 회의를 여는 곳이라는 주장도 있었다……. 바티칸 시국 담장 안에서 열기 껄끄러운 회의들 말이다.

아링가로사 주교는 도서관 문으로 향하면서 이제 곧 접할 충격적인 소식, 그리고 그 소식이 불러일으킬 치명적인 연쇄작용에 대해서는 상상도 하지 못했다. 한 시간 뒤, 그는 몹시도 충격적인 결과를 받아 들고는 휘청거리며 회의실을 빠져나왔다.

'앞으로 6개월이라고! 하느님, 저희를 도와주소서!'

그때까지 고작 한 달 남은 지금, 아링가로사 주교는 다시 간돌포성으로 향하면서 첫 번째 모임을 떠올리고는 두 주먹을 불끈 쥐었다. 그리고 지금 휴대 전화 벨이 울려 꼭 들어야 할 소식을 전해 듣기를 바랐다.

'왜 스승님이 내게 전화하지 않는 걸까? 지금쯤이면 사일러스가 쐐기돌을 손에 넣었을 텐데.'

사일러스는 파리 오푸스 데이 숙소의 수수한 방에 웅크리고 앉아 고뇌에 잠겼다.

'모든 게 사라졌어.'

시온 수도회 회원들은 거짓말을 했다. 비밀을 실토하느니 차라리 죽음을 선택했다. 이제 사일러스는 이 세상에서 쐐기돌이 숨겨진 곳을 아는 유일한 네 사람을 죽인 것도 부족해 수녀까지 살해했다. 스승에게 전화해 실패를 고백할 용기가 나지 않았다.

수녀가 죽는 바람에 일이 아주 복잡하게 꼬였다. 아링가로사 주교는 사일러스를 생쉴피스 안으로 들여보내기 위해 직접 전화 걸어 부탁했다. 이 성당의 신부가 수녀가 죽은 것을 알게 되면 어떤 생각을 할까? 그리고 성당 안 대리석 돌판이 깨진 것은?

'나 때문에 주교님이 위험에 처하게 됐어.'

사일러스는 멍하니 바닥을 내려다보면서 스스로 목숨을 끊을지 고민했다. 따지고 보면 애초에 그에게 생명을 준 사람이 아링가로사 아니었던가. 스페인의 조그만 목사관에서 그를 가르치고 그에게 삶의 목적을 심어 주고…….

아링가로사는 사일러스에게 이렇게 말했었다.

"친구, 당신은 알비노로 태어났어요. 그렇다고 부끄러워할 필요 없어요. 그것 때문에 당신이 얼마나 특별한지 모르죠? 노아도 알비노였다는 사실을 알고 있나요?"

"방주를 만든 노아 말입니까?"

사일러스가 난생처음 듣는 이야기였다.

아링가로사는 미소를 지었다.

"그래요, 방주를 만든 노아. 그도 알비노였죠. 당신과 마찬가지로 피부가 천사처럼 하얀 사람이었어요. 이렇게 생각해 봐요. 노아는 지구상의 모든 생명을 구했지요. 당신도 위대한 일을 할 운명이에요, 사일러스. 주님이 당신에게 자유를 허락하신 데는 이유가 있어요. 주님은 당신의 도움을 받아 주님의 일을 하기 바라십니다."

이제 사일러스는 마룻바닥에 무릎을 꿇고 속죄 기도를 올렸다. 그러고 나서 옷을 벗고 채찍을 향해 손을 뻗었다……

# 29장

생라자르역 안은 유럽의 여느 기차역과 비슷했다. 소피는 머리 위 거대한 출발 안내판을 올려다보았다.

## 릴리-급행-3:06

"더 빨리 출발하면 좋을 텐데. 하지만 릴리 정도면 괜찮네요."

'더 빨리?'

랭던은 손목시계를 보았다. 새벽 2시 59분. 기차는 7분 후에 떠나는데 아직 표도 사지 않았다. 소피는 랭던을 데리고 매표구로 향했다.

"신용카드로 표 두 장을 사세요."

"신용카드를 쓰면 추적을 당할……."

"그러니까요."

랭던은 소피 느뵈가 자기보다 한발 앞서간다는 사실을 인정하기로 마음먹었다. 그는 비자(VISA) 카드로 릴리행 표 두 장을 사서 소피에게 건넸다.

그런데 소피는 플랫폼으로 향하지 않고 랭던과 팔짱을 끼더니 **반대쪽**으로 걸어갔다. 그리고 옆쪽 로비를 통과해 밤샘 영업 하는 카페를 지나 역 서쪽 출입문을 통해 한적한 거리로 나갔다.

출입문 바로 앞에 택시 한 대가 시동을 건 채로 서 있었다.

택시 기사는 소피를 발견하고는 전조등을 깜빡였다.

택시가 랭던과 소피를 뒷좌석에 태우고 역에서 멀어지자, 소피는 조금 전에 산 기차표를 꺼내 찢어 버렸다.

랭던은 한숨을 푹 내쉬었다.

'70달러 날렸네.'

택시가 파리 경계를 벗어나자, 랭던은 그제야 비로소 무사히 탈출한 기분이 들었다.

랭던이 천천히 말했다.

"정말 말이 안 돼요. 당신 할아버지가 그 고생 해서 열쇠를 당신에게 줬는데, 정작 어떤 것을 여는 데 쓰는지는 알려 주지 않았다니. 그림 뒤에 뭔가 또 다른 메시지가 써 있지 않은 건 확실해요?"

"샅샅이 살펴봤지만 이것뿐이었어요. 이 열쇠가 그림 뒤에 끼워져 있었죠. 시온 수도회 문장을 확인하고는 바로 주머니에 넣었어요. 그리고 박물관을 나왔잖아요."

랭던은 눈살을 찌푸리며 삼각형 몸통의 뭉툭한 끝을 찬찬히 살펴보았다. 아무것도 없었다. 실눈으로 열쇠 머리의 가장자리도 살펴보았다. 역시 아무것도 없었다. 열쇠를 코앞에 들이대고 킁킁거리며 냄새를 맡았다.

"최근에 세척했나 본데…… 누가 클리너로 닦았나 봐요."

랭던은 열쇠를 뒤집어 보았다.

"그래요, 알코올이 든 클리너예요. 예를 들어……."

랭던은 말을 멈추었다.

"뭐요?"

랭던은 열쇠를 비스듬히 들어 불빛에 비추어 매끈한 십자가 표면을 살펴보았다. 군데군데 희미한 불빛이 일렁거리는 듯 보이는 게…… 물기가 있는 것 같았다.

"이 열쇠를 주머니에 넣기 전에 얼마나 꼼꼼하게 뒷면을 살펴봤죠?"

"네? 아주 꼼꼼하게는 못 봤죠. 급히 서둘렀으니까요."

랭던이 소피 쪽으로 고개를 돌리며 물었다.

"자외선 손전등 아직 갖고 있어요?"

소피는 주머니에서 펜 모양의 자외선 손전등을 꺼냈다. 랭던은 손전등을 받아 스위치를 켜고서 열쇠 뒷면을 비추었다.

곧바로 열쇠 뒷면이 도드라지게 환히 빛나며 글씨가 보였다. 급하게 갈겨쓴 글씨였지만 충분히 읽을 수 있었다.

"음."

랭던이 미소를 지으며 말했다.

"알코올 냄새의 정체를 알아낸 것 같군요."

소피는 놀란 눈으로 열쇠 뒷면에 나타난 자주색 글자를 바라보았다.

## 악소가 24번지

'주소잖아! 할아버지가 주소를 써 놓으셨어!'

랭던이 물었다.

"여기가 어디죠?"

소피도 모르는 곳이었다. 그녀가 다시 앞쪽을 보며 몸을 숙여 흥분한 목소리로 택시 기사에게 똑같이 물었다.

기사는 잠시 생각해 보더니 고개를 끄덕였다. 파리 서쪽 외곽에 있는 테니스 경기장 근처라고 했다. 소피는 당장 그곳으로 가 달라고 부탁하고는 등을 기대고 앉아 다시 열쇠를 보았다. 악소가 24번지에서 무엇을 찾게 될지 궁금했다.

'교회? 시온 수도회의 본부 같은 것?'

소피의 머릿속이 다시 10년 전에 목격했던 비밀 의식의 장면들로 가득 찼다. 소피는 긴 한숨을 내쉬었다.

"로버트, 당신한테 할 이야기가 무척 많아요."

소피는 잠시 뜸을 들였다. 그녀의 시선은 여전히 랭던에게 고정되어 있었다. 택시는 서쪽으로 내달렸다.

"하지만 먼저 당신이 시온 수도회에 대해 아는 바를 하나도 빠짐없이 말해 주면 좋겠어요."

# 30장

랭던이 생각을 정리하고 있을 때, 택시는 숲이 울창한 공원으로 들어가는 나무가 우거진 입구를 통과한 뒤 자갈이 깔린 큰 도로를 타고 서쪽으로 달리기 시작했다. 랭던은 어디서부터 이야기를 시작할지 막막했다. 천 년이 넘은 이 조직의 역사는 비밀과 협박, 배신 그리고 교황의 손으로 자행된 잔혹한 고문까지 놀라운 일들로 점철되어 있었다.

"시온 수도회는……."

랭던이 말문을 열었다.

"1099년 고드프루아 드 부용이라는 프랑스 왕이 예루살렘에서 설립했어요. 예루살렘 정복 직후에요."

소피는 랭던에게 눈길을 고정한 채 고개를 끄덕였다.

"고드프루아 왕은 아주 강력한 비밀을 지니고 있었다고 해요. 그리스도 시대부터 그의 가문에 대대로 내려온 비밀이었지요. 그는 자기가 죽으면 비밀이 묻힐까 두려워 시온 수도회라는 비밀 조직을 만들었어요. 대를 이어 후손에게 은밀히 전함으로써 비밀을 지켜 내는 것이 그들의 임무였지요. 그 후시온 수도회는 예루살렘에 있는 헤롯 성전 유적 밑에 문서들이 묻힌 것을 알게 되었어요. 헤롯 성전이 있던 자리에 원래 솔로몬 성전이 있었거든요. 그들은 숨겨진 문서들이 자신들이 수호하기로 맹세했던 비밀의 진실을 증명해 주리라 믿었지요. 그리고 파괴력이 워낙 강한 문서라 교회가 물불 가리지 않고 손에 넣으려 할 거라고 생각했어요."

소피는 미심쩍은 표정을 지었다.

"시온 수도회는 이 문서들을 반드시 성전 아래 돌무더기에서 꺼내어 진실이 잠들지 않도록 영원히 지키겠노라 맹세했어요. 기사 아홉 명으로 군사 조직을 만들었지요. '그리스도와 솔로몬 성전의 청빈한 기사단'이란 이름으로."

랭던은 말을 멈추었다가 내쳐 말했다.

"흔히 '템플 기사단'이라는 이름으로 더 잘 알려졌지요."

소피는 깜짝 놀라며 랭던을 올려다보았다.

"템플 기사단은 성지 보호를 위해 만든 줄 알았어요."

"흔히 그렇게 잘못 알고 있지요. 순례자 보호는 템플 기사단의 진짜 임무를 감추는 수단일 뿐이었어요. 성전의 폐허 밑에서 문서들을 회수하는 것이 진짜 목적이었지요."

"그래서 문서들을 찾아냈나요?"

랭던은 빙긋이 웃었다.

"확실한 건 아무도 모르지만, 학계 모두가 동의하는 바는 이런 거예요. 기사들이 폐허에서 **무언가**를 찾아냈는데……
그것이 상상 이상으로 엄청난 부와 힘을 가져다주었다는 겁
니다."

랭던은 템플 기사단이 12세기 중반 제2차 십자군전쟁 동안
어떻게 성지에서 활동하게 되었는지에 대해 정설로 자리 잡
은 템플 기사단의 역사를 대략 설명해 주었다. 그들은 십자군
을 이끌던 예루살렘의 보두앵 2세에게 기독교 순례자들을 보
호하려면 자신들이 예루살렘에 있어야 한다고 말했다. 그리
고 기본 시설을 갖춘 거처가 필요하다고도 했다. 보두앵 2세
는 성전의 폐허 아래 마구간에 숙소를 마련하도록 허락했다.
숙소로는 이상한 선택이었지만, 이것은 결코 우연이 아니었
다. 기사들은 시온 수도회가 찾는 문서들이 황폐한 성전의 지
하 깊은 곳에, 하느님이 계신 곳으로 알려진 가장 거룩한 지
성소 아래에 묻혀 있다고 믿었다. 말 그대로 유대교 신앙의
심장부였다. 아홉 명의 기사들은 10년 가까이 폐허에서 생활
하면서 극비리에 단단한 바위를 뚫어 발굴 작업을 했다.

소피가 랭던을 바라보며 말했다.

"그래서 뭔가를 찾아냈다는 거죠?"

"그건 확실합니다."

랭던은 9년의 세월에 걸쳐 기사들이 찾고자 했던 것을 결
국 찾아낸 이야기를 들려주었다. 기사들은 그 보물을 성전에
서 빼내어 유럽으로 돌아왔고, 당시 교황인 인노켄티우스 2
세는 곧바로 전례 없는 칙령을 발표해 템플 기사단에게 무제
한의 권력을 부여하고 '그들 자신이 곧 법'이라고 선언했다.

이렇게 획득한 자유를 바탕으로 템플 기사단은 엄청난 기세로 기사단 수를 늘리고 정치적 영향력을 확대했으며, 여남은 나라에서 광대한 토지를 모았다. 심지어 파산한 왕실에 돈을 빌려주고 이자를 받는 등, 현대적인 의미의 은행 역할까지 수행할 정도로 돈이 많았다.

1300년경, 템플 기사단의 힘이 어마어마하게 막강해지자 당시 교황인 클레멘스 5세는 어떻게든 조치를 취하기로 결단했다. 결국 그는 프랑스 왕과 손잡고 템플 기사단을 와해시켜 자산을 빼앗고자 작전을 세웠다. 그는 유럽 전역의 병력에게 봉인된 비밀 지령을 내리고 한날한시에 열어 보도록 하였다. 그날이 바로 1307년 10월 13일 금요일이었다.

그날 새벽, 지령이 개봉되고 간담을 서늘케 하는 내용이 공개되었다. 편지에서 클레멘스 5세는 하느님이 직접 자신을 찾아와 템플 기사단이 악마 숭배, 동성애, 십자가에 대한 모독 등 온갖 불경스러운 행위를 일삼는 이단의 죄를 저지르고 있다고 경고했다는 주장을 했다. 그리고 하느님께서 이 기사들을 모두 체포해 하느님을 거스르는 죄들을 자백할 때까지 고문하여 이 땅을 정화하라는 지시를 내렸다고 했다.

교황의 작전은 시계태엽처럼 정확하게 진행되었다. 그날 하루 동안 수많은 기사가 체포되고, 무자비하게 고문당하고, 결국 이단자로 몰려 화형에 처해졌다. 이날의 비극은 현대 문화에까지 흔적을 남겼다. 오늘날 13일의 금요일이 불길한 날로 여겨지는 것이 바로 이런 이유이다.

소피는 혼란스러운 표정을 지었다.

"템플 기사단이 전멸했다고요? 오늘날에도 존재하는 것으로 알고 있는데."

"맞아요. 여러 이름으로 명맥을 이어 왔지요. 클레멘스 5세가 누명을 씌우고 템플 기사단을 뿌리째 없애려는 온갖 노력을 했음에도 불구하고, 그들에게는 강력한 동맹군들이 있었고, 그들 일부는 무사히 살아남을 수 있었지요. 클레멘스 5세의 진짜 목표는 기사단이 교회에 행사한 힘의 주된 원천이었던 보물, 즉 문서들이었지만 그것들을 손에 넣는 데는 실패했어요. 성전 밑에서 가져온 문서들은 이미 오래전에 시온 수도회에 맡겨졌기 때문이죠. 시온 수도회는 워낙 비밀스러운 조직이라 바티칸이 기사들에게 맹공을 펼칠 때도 공격 받지 않았던 겁니다. 시온 수도회는 배로 문서들을 빼돌렸지요."

"그 문서들은 어디로 갔죠?"

랭던은 어깨를 으쓱이고는 대답했다.

"답은 오직 시온 수도회만이 알고 있지만, 몇 차례에 걸쳐 장소를 옮겨 숨긴 것으로 보입니다. 지금은 영국 어딘가에 숨겨 둔 것으로 추정되고요."

소피는 불안한 표정을 지었다.

랭던이 말을 이었다.

"무려 천 년 동안 이 비밀에 얽힌 전설이 전해 내려왔어요. 그 문서들 전체, 그것이 가진 힘 그리고 그것이 드러낼 비밀을 모두 아우르는 하나의 이름이 있습니다. 바로 상그레알(Sangreal)이지요. 이 주제를 다룬 수많은 책이 있어요."

"상그레알? '피'를 뜻하는 프랑스어 'sang'이나 스페인어

'sangre'하고 어떤 관계가 있나요?"

랭던은 고개를 끄덕였다. 피는 상그레알의 근간을 이루는 요소이기는 하지만, 아마도 소피가 생각하는 방식과는 차이가 있을 것이었다.

"전설은 아주 복잡한 이야기이지만, 꼭 기억해야 할 중요한 점은 시온 수도회가 비밀의 증거를 수호하고 있으며 그 진실을 밝히기에 적절한 역사적 시점을 기다리고 있는 것으로 추측된다는 사실입니다."

"어떤 진실이요? 어떤 비밀이 그렇게 강력한 힘을 가질 수 있나요?"

랭던은 깊은 숨을 내쉬며 어둑한 숲을 물끄러미 보았다.

"소피, 상그레알은 아주 오래된 단어예요. 오랜 세월 동안 진화해 다른 용어로…… 좀 더 현대적인 이름을 갖게 되었죠."

랭던은 잠시 뜸을 들인 뒤 말했다.

"현대의 이름을 들으면 당신도 이미 아주 잘 알고 있는 단어라는 걸 깨달을 거예요. 사실 지구상 거의 모든 사람이 상그레알 이야기를 들어 봤을 겁니다."

소피는 미심쩍은 얼굴로 말했다.

"난 한 번도 못 들어 봤어요."

"틀림없이 들어 봤을 거예요."

랭던은 빙그레 웃었다.

"설마 '성배'라는 단어도 못 들어 봤다고 하지는 않겠죠?"

# 31장

소피는 랭던을 물끄러미 보았다.

'농담이겠지.'

"성배라고요?"

랭던은 진지한 표정으로 고개를 끄덕였다. 소피는 여전히
그의 주장을 납득할 수 없었다.

"내가 알기로 성배는 **잔**인데요. 문서가 아니고."

"맞아요. 하지만 상그레알 문서는 성배라는 보물의 절반에
불과해요. 문서가 그 잔과 함께 묻혀 있고…… 그게 성배의
진짜 의미를 밝혀 주는 거지요. 템플 기사단이 문서 때문에
그토록 엄청난 힘을 가졌던 것도 문서가 성배의 본질을 밝혀
주었기 때문이지요."

'성배의 본질?'

소피는 점점 더 미궁 속으로 빠져드는 느낌이었다. 소피가

아는 성배는 예수가 로마인들에게 잡혀 유죄 판결을 받고 십자가에 못 박히기 전에 '최후의 만찬'에서 포도주를 따라 마신 잔이었다.

"성배는 그리스도의 잔이에요. 이 간단한 말로 다 설명되지 않아요?"

"소피."

랭던은 이제 소피 쪽으로 몸을 기울이며 속삭였다.

"시온 수도회에 따르면 성배는 잔이 아닙니다. 그들은 성배의 전설이 사실 교묘한 비유라고 주장하지요. 다시 말해 성배는 다른 무엇, 훨씬 더 강력한 힘을 가진 무엇을 위한 은유라는 겁니다."

랭던은 잠시 뜸을 들이다 내처 말했다.

"그리고 그 무엇은 바로 신성한 여성성에 대한 언급을 비롯해 당신 할아버지가 오늘 밤에 우리에게 말하려고 했던 모든 것과 완벽하게 맞아떨어지죠."

"안 돼!"

프랑스어로 외치는 소피의 목소리가 랭던의 말허리를 잘랐다. 소피가 몸을 앞으로 숙여 택시 기사에게 고함을 지르는 바람에 랭던은 화들짝 놀랐다. 기사가 무선 마이크를 손에 쥐고 무어라 말하는 모습이 랭던의 눈에 들어왔다.

소피는 이제 몸을 돌려 랭던의 모직 코트 주머니 속으로 손을 찔러 넣었다. 무슨 일이 벌어지고 있는지 랭던이 미처 깨닫기도 전에, 소피는 랭던이 루브르의 경비원에게서 뺏은 권총을 뽑아 기사의 뒤통수에 들이댔다. 기사는 곧바로 무전기를 떨어뜨리고는 운전대를 잡지 않은 손을 머리 위로 올렸다.

랭던이 잠긴 목소리로 외쳤다.

"소피! 도대체 무슨……?"

"차 세워요!"

소피가 프랑스어로 명령했다.

기사는 몸을 떨며 순순히 지시에 따랐다.

그때, 택시 회사의 호출기에서 금속성의 목소리가 들려왔다. 무전기에서 두 사람의 이름이 흘러나오고 있었다. 랭던은 온몸이 뻣뻣하게 굳었다.

'경찰이 벌써 우리를 찾아낸 거야?'

소피는 택시 기사에게 차에서 내리라고 손짓했다. 기사는 벌벌 떨면서 두 손을 머리 위로 올린 채 차에서 내려 몇 발짝 뒷걸음질 쳤다. 소피는 차창을 열고 총으로 계속 택시 기사를 겨누었다. 소피가 나지막이 말했다.

"로버트, 운전대를 잡아요. 당신이 운전하세요."

랭던은 뭐라고 토를 달 엄두가 나지 않았다. 그는 차에서 내려 잽싸게 운전석에 앉았다.

소피가 뒷좌석에서 말했다.

"로버트, 어서 차를 몰아 이곳을 빠져나가요."

랭던은 차의 운전 장치를 내려다보고는 머뭇거렸다.

'맙소사.'

랭던은 더듬거리며 수동 변속기를 잡고 조심조심 한 발을 클러치 페달에 올려놓았다.

"소피? 내 생각에는……."

"출발해요!"

소피가 소리쳤다.

랭던은 클러치를 밟은 채 수동 변속기를 한곳에 넣으면서 제발 1단 기어이기만 바랐다. 그러고는 가속 페달을 살짝 밟아 부릉거리는 소리를 확인한 다음, 클러치에서 발을 뗐다. 타이어가 울부짖는 듯한 소리를 내는가 싶더니 차 뒷부분이 좌우로 흔들리면서 차가 앞으로 튀어나갔다.

"**조심해요**! 지금 뭐 하는 거예요?"

차가 휘청거리며 도로를 내달리자 소피가 소리쳤다.

"아까부터 말하려고 했어요!"

랭던이 이를 가는 듯한 기어 소리를 뚫고 외쳤다.

"나는 자동 변속기 차만 운전할 수 있단 말입니다!"

# 32장

랜던은 변속기와 씨름하면서 납치한 택시를 가까스로 공원 입구까지 몰고 갔다. 그러고는 곧바로 브레이크를 힘껏 밟았다.

"당신이 운전하는 게 낫겠어요."

소피는 안도하며 운전석에 잽싸게 올라탄 다음, 랜던에게 권총을 건넸다. 몇 초도 지나지 않아 차는 콧노래를 부르듯이 서쪽으로 쌩쌩 내달렸다.

랜던이 물었다.

"악소가가 어느 쪽이죠?"

소피는 계속 도로를 주시했다.

"택시 기사가 테니스 경기장 근처라고 했어요. 그 근처는 나도 알아요."

랜던은 다시 주머니에서 열쇠를 꺼냈다. 손바닥에 올려놓으니 제법 묵직하게 느껴졌다. 매우 중요한 물건이라는 것을 직감할 수 있었다. 랭던은 아까 소피에게 템플 기사단 이야기를 하던 중, 네 팔 길이가 똑같은 십자가가 템플 기사단을 상징하기도 한다는 사실을 문득 깨달았다. 기사단의 하얀 튜닉에는 네 팔의 길이가 같은 빨간색 십자가가 또렷하게 새겨져 있었다.

'정사각형 꼴의 십자가. 이 열쇠에 있는 십자가와 똑같아.'

랭던은 자신도 모르게 황당한 공상의 날개를 펼치며 자신들이 결국 무엇을 찾아내게 될지 상상해 보았다.

'성배.'

하지만 워낙 터무니없는 생각이라 그는 하마터면 크게 웃을 뻔했다. 역사학자 대부분은 성배가 영국 어딘가에 숨겨져 있다고 믿었다. 수많은 템플 기사단 교회 중 한 곳의 지하 방에 묻혀 있다는 것이다. 적어도 1500년부터.

'다빈치가 기사단장으로 활동하던 시대.'

성배가 어디에 숨겨져 있든 변치 않을 중요한 사실 두 가지가 있었다.

'레오나르도 다빈치는 생존해 있는 동안 성배가 있는 곳을 알고 있었다.'

'숨겨진 장소는 아마 오늘날까지 바뀌지 않았을 것이다.'

이런 이유로 열광적인 성배 추종자들은 혹시 성배의 현재 위치에 대한 숨은 단서를 찾는다는 기대를 걸고 여전히 다빈치의 미술품과 일기를 세세히 연구했다.

'누구나 음모론을 좋아하지.'

그때 소피가 랭던으로서는 감히 상상할 엄두조차 나지 못

한 것을 말로 옮겨 물었다.

"당신이 쥐고 있는 열쇠가 성배를 숨겨 둔 곳을 여는 열쇠일 수도 있지 않을까요?"

랭던은 자신이 듣기에도 억지스럽게 웃었다.

"상상도 못 할 일 같은데요. 더구나 성배는 프랑스가 아니라 영국 어딘가에 숨겨져 있을 가능성이 가장 높은데."

그는 소피에게 간략하게 역사를 들려주었다.

그러자 소피는 이렇게 말했다.

"하지만 합리적인 결론은 성배밖에 없는 것 같아요. 우리는 지금 시온 수도회의 문장이 새겨진 지극히 정교한 열쇠를 가지고 있어요. 시온 수도회 회원이 우리에게 그걸 주었죠. 그 수도회가 성배의 수호자라고 아까 나한테 말했잖아요."

랭던은 소피의 추론이 논리적이라는 것은 알았지만, 직감적으로 그것을 수긍할 수가 없었다.

"사실 나는 이 열쇠가 성배와 어떤 관계가 있는지 잘 모르겠어요."

"성배가 영국에 있을 거라는 추측 때문인가요?"

"그뿐이 아니에요. 성배의 행방은 역사상 가장 철저하게 지켜진 비밀 가운데 하나입니다. 시온 수도회의 규모가 굉장히 크긴 하지만, 어느 특정 시점에 성배가 어디에 숨겨져 있는지 아는 사람은 딱 **네 명**뿐이지요. 기사단장과 세 명의 청지기. 당신 할아버지가 그 네 사람 가운데 한 명일 확률은 무척 희박하다고 봐야죠."

"할아버지는 그 네 명 가운데 **한 명**이었어요."

소피가 가속 페달을 밟으며 말했다. 조직 내에서 할아버지가 차지하는 위치를 의심할 나위 없이 증명해 주는 이미지가 그녀의 기억 속에 또렷이 각인되어 있었다.

"설사 당신 할아버지가 고위층에 **속했다** 해도 외부인에게 어떤 것도 누설할 리가 없습니다. 할아버지가 당신을 핵심층 안으로 끌어들인다는 건 상상도 못 할 일이에요. 저기예요!"

랭던이 갑자기 소리치면서 어렴풋이 보이는 웅장한 테니스 경기장을 가리켰다. 소피는 이리저리 차를 몰아 테니스 경기장으로 향했다. 도로 몇 개를 지나자 악소가 나왔고, 차는 그 도로로 들어섰다.

'24번지를 찾아야 하는데……'

속엣말을 중얼거리던 랭던은 문득 자신이 교회의 첨탑을 찾기 위해 도로 주변을 꼼꼼히 살펴보고 있다는 사실을 깨달았다.

'제발 정신 좀 차려라. 여기에 잊힌 템플 기사단의 교회가 있을 리가 없잖아.'

"저기 있어요!"

소피가 손가락질을 하며 소리쳤다.

'도대체 뭐가 있다는 거야?'

소피가 가리키는 쪽으로 눈길을 돌리자 건물이 보였다. 현대식 건물이었다. 나직하고 견고한 요새 같은 건물의 정면 위쪽으로 정사각형 십자가 네온사인이 보였다.

## 취리히 대여 금고 은행

랭던은 평화로운 정사각형 형태의 십자가가 한 나라의 완벽한 상징으로 채택되었다는 사실을 까맣게 잊고 있었다. 중립국 스위스의 국기 말이다.

적어도 수수께끼 하나는 풀렸다.

소피와 랭던은 스위스 은행의 대여 금고를 여는 열쇠를 쥐고 있었던 것이다.

# 33장

　간돌포성 바깥, 산바람이 벼랑을 타고 올라와 높은 절벽 위를 가로지르며 휘몰아쳤다. 찬바람이 피아트에서 내려서는 아링가로사 주교를 휘감았다.

　'사제복보다 더 두툼한 옷을 입어야 했어.'

　아링가로사는 추위에 떨지 않으려고 안간힘을 썼다. 오늘 밤 절대 해선 안 될 게 있다면 바로 나약하고 겁에 질린 모습을 보이는 것이었다.

　성은 불길하게 빛이 새어 나오는 꼭대기 층의 창문만 빼고 온통 깜깜했다.

　'도서관이로군. 잠도 안 자고 기다리는 모양이지.'

　주교는 천문대 쪽으로는 아예 눈길 한 번 주지 않고 머리를 숙인 채로 바람을 피해 계속 걸어갔다.

　현관에서 그를 맞이한 신부는 졸려 보였다. 다섯 달 전에 아링가로사를 맞이했던 바로 그 신부였다.

"걱정하고 있었습니다, 주교님."

신부가 손목시계를 들여다보며 말했다. 걱정스러워한다기 보다는 불안해 보였다.

"다들 위층에서 기다리고 계십니다. 제가 안내하겠습니다."

도서관은 바닥부터 천장까지 온통 짙은 색 목재로 뒤덮인 넓은 정사각형 방이었다. 사면을 에워싸고 있는 높다란 책꽂이가 빼곡히 들어찬 책들로 신음을 토하는 것 같았다. 호박색 대리석 바닥에 검은 현무암으로 띠가 둘러져 있어, 한때 이곳이 궁전이었음을 상기시켰다.

"어서 오십시오, 주교님."

방 건너편에서 남자 목소리가 들렸다.

아링가로사는 목소리의 주인공을 눈으로 확인하려 했지만, 조명이 터무니없을 만큼 어둑했다. 마치 불이라도 난 듯 사방이 환했던 첫 번째 방문 때와 달리 몹시 어두웠다.

'냉혹한 깨달음의 밤이 될 거야.'

오늘 밤, 이 사람들은 어둠 속에 앉아 있었다. 마치 이제 곧 일어날 일이 부끄럽다는 듯이.

아링가로사는 천천히, 짐짓 당당하게 안으로 들어갔다. 방 맞은편의 기다란 탁자에 앉아 있는 세 남자의 형체가 보였다. 가운데 사람은 실루엣만으로도 누구인지 알아볼 수 있었다. 가톨릭교회의 심장부인 바티칸 시국의 법률 문제를 총괄 담당하는 비대한 몸집의 바티칸 사무총장이었다. 나머지 두 사람은 서열이 높은 추기경이었다.

아링가로사는 도서관을 가로질러 그들에게로 다가갔다.

"늦은 시간이라 송구스럽습니다. 시차가 나다 보니. 피곤들 하시겠습니다."

사무총장이 어마어마하게 불룩 솟은 배 위에 두 손을 포갠 채 대꾸했다.

"별말씀을. 이렇게 먼 길 와 주셔서 고맙습니다. 주교님 보는데 잠 좀 못 잔 것이 무슨 대수겠습니까. 커피나 뭐 음료수 좀 드릴까요?"

"공연히 사적 만남인 척하지 않으셔도 괜찮습니다. 제가 곧 비행기를 타야 하기도 하고요. 바로 일 문제로 들어가시지요."

사무총장이 대꾸했다.

"그렇게 하지요. 우리가 생각했던 것보다 훨씬 신속하게 움직이셨네요."

"그런가요?"

"아직 한 달이나 남았지 않습니까?"

"여러분의 우려를 알게 된 게 다섯 달 전입니다. 제가 꾸물거릴 필요가 있겠습니까?"

"그야 그렇지요."

아링가로사의 눈길이 기다란 탁자를 지나 큼직한 서류 가방에 꽂혔다.

"저게 제가 요청한 겁니까?"

사무총장이 불편한 목소리로 대답했다.

"그렇습니다. 하지만 솔직히 말하면, 주교님의 요청이 걱정스럽기는 합니다. 보기에 따라서는……."

"위험하지요."

추기경 가운데 한 사람이 말꼬리를 낚아채고는 덧붙였다.

"어디로든 송금하는 방법은 안 되는 게 확실하지요? 액수가 너무 커서요."

'자유는 비싼 법.'

"제 안전은 걱정하지 않습니다. 하느님이 저와 함께하시니까요."

맞은편의 세 사람은 여전히 걱정스러운 표정이었다.

"액수는 정확히 제가 요청한 대로겠지요?"

사무총장이 고개를 끄덕였다.

"바티칸 은행에서 발행한 고액권 무기명 채권입니다. 세계 어디서나 현금으로 바꿀 수 있지요."

아링가로사는 탁자 끝으로 걸어가 서류 가방을 열어 보았다. 두툼한 채권 두 다발이 들어 있었다.

사무총장이 긴장한 얼굴로 말했다.

"주교님, 만약 이 자금이 현금이라면 우리 모두 이렇게 걱정하진 않을 텐데요."

아링가로사는 가방을 닫으며 생각했다.

'2천만 유로인데? 그 많은 현금은 들지도 못할 텐데?'

"채권은 현금으로 바꿀 수 있습니다. 방금 그렇게 말씀하시지 않았습니까?"

'이제 우리 모두 한배를 탄 거야.'

"이건 완벽하게 합법적인 거래입니다. 교황님께서는 적합하다고 판단하시는 곳에 마음대로 돈을 배분하실 수 있습니다. 이건 결코 법을 어기는 게 아니지 않습니까."

"그야 그렇지만……."

사무총장이 몸을 앞으로 숙이자 체중 때문에 의자가 삐걱 거렸다.

"우리는 주교님이 이 자금으로 뭘 할 생각이신지 전혀 아는 바가 없고, 만약 어떤 식으로든 불법적인……."

아링가로사는 맞받아쳤다.

"사무총장님께서 제게 요구한 바를 고려하면, 제가 이 돈으로 뭘 하든 여러분이 걱정할 일은 아닌 것 같군요. 자, 이제 제가 서명해야 할 문서나 주시죠."

세 사람 모두 벌떡 일어나 아링가로사에게 서류를 내밀었다. 아링가로사가 한시라도 빨리 떠나기를 바라는 사람들 같았다.

아링가로사는 앞에 놓인 서류를 살펴보았다. 교황의 문장이 찍혀 있었다. 아링가로사는 서명하면서 마음의 동요를 전혀 느끼지 못하는 자신이 놀라웠다. 그러나 다른 세 사람은 안도의 한숨을 내쉬는 것 같았다.

사무총장이 말했다.

"고맙습니다, 주교님. 교회를 위해 큰일 하신 것, 결코 잊지 않겠습니다."

아링가로사는 서류 가방을 집어 들고 돌아서서 출입문으로 향했다.

"주교님?"

아링가로사가 문간에 다다랐을 때 추기경 한 사람이 그를 불렀다.

"네?"

"이제 어디로 가십니까?"

"파리로요."

아링가로사는 그렇게 대답하고 문 밖으로 걸어 나갔다.

# 34장

취리히 대여 금고 은행은 고객의 이름이 아니라 번호로 계좌를 트는 스위스식 전통에 따라 완벽한 익명 서비스를 스물네 시간 제공하는 금고형 은행이었다.

소피가 목적지 앞에 택시를 세우는 동안, 랭던은 완고해 보이는 건물 구조를 찬찬히 살펴보았다. 창문 하나 없이 전체를 무미건조한 철근으로 구축한 듯한 직사각형 건물이었다.

은행 진입로를 가로막고 있는 위압적인 출입문…… 지하로 내려가는 시멘트 경사로…… 바로 머리 위에 설치된 비디오 카메라와 운전석 쪽에 있는 전자 식별 장치. 액정 화면에 7개국 언어로 안내가 제공되고 그 아래에 삼각형 구멍이 있었다. 7개국 언어 중 맨 위는 영어였다.

**열쇠를 삽입하시오.**

"자, 갑니다."

소피가 구멍에 열쇠를 꽂자, 문이 나지막이 윙윙거리면서 안쪽으로 열렸다. 소피와 랭던은 눈빛을 주고받으며 안으로 들어갔다. 문이 뒤에서 쿵 소리를 내면서 닫혔다.

취리히 대여 금고 은행의 로비는 무척 위압적이었다. 은행은 대개 광택 나는 대리석과 화강암으로 꾸미는데, 이 은행은 바닥부터 천장까지 온통 금속과 리벳으로 이루어져 있었다. 사방이 잿빛 금속이었다. 바닥, 벽, 카운터, 문, 심지어 로비의 멋진 의자까지도 금속을 주조하여 만든 것 같았다.

카운터에 앉은 덩치 큰 남자가 안으로 들어서는 두 사람을 힐끔 보더니, 작은 텔레비전을 끄고는 환하게 미소 지으며 그들을 맞이했다. 울끈불끈한 근육에 어울리지 않게 목소리가 종소리처럼 낭랑했으며, 말투에서는 세련된 정중함이 느껴졌다.

"안녕하세요?"

남자는 프랑스어로 인사한 뒤 영어로 물었다.

"무엇을 도와드릴까요?"

소피는 아무 말 없이 황금 열쇠를 남자 앞에 내려놓았다.

남자는 열쇠를 힐끔 내려다보자마자 곧바로 허리를 더욱 곧추세웠다.

"알겠습니다. 엘리베이터는 복도 끝에 있습니다. 고객님이 가신다고 연락하겠습니다."

소피는 고개를 끄덕이고는 열쇠를 도로 챙겼다.

"몇 층이죠?"

남자는 의아한 표정을 지었다.

"열쇠가 엘리베이터에게 몇 층인지 알려 줄 겁니다."

소피는 싱긋 웃었다.

"아, 그렇군요."

몇 층을 내려갔는지 랭던이 감도 못 잡고 있을 때 엘리베이터 문이 열렸다. 엘리베이터 앞에 그들을 맞이할 안내 직원이 이미 나와 있었다. 나이가 지긋하고 인상이 좋은 남자였다. 단정하게 다림질한 고급 정장 차림이었는데, 이상하게도 장소에 어울리지 않는 느낌이었다. 최첨단 세계에 있는 구시대의 은행원 행색이라고나 할까.

"안녕하십니까? 저를 따라오시겠습니까? 이쪽입니다."

직원은 대답도 기다리지 않고 빙글 돌아 철제로 둘러싸인 좁은 복도를 빠르게 걸어갔다.

랭던과 소피는 그를 따라 컴퓨터가 빼곡한 큰 방 몇 개를 지나 금속 문 앞에 다다랐다.

"여깁니다."

안내 직원이 프랑스어로 말하고는 문을 열어 준 뒤 영어로 다시 한 번 말했다.

"여기입니다."

랭던과 소피가 들어선 곳은 딴 세상이었다. 금속과 리벳은 사라지고 그 대신 동양풍의 카펫과 짙은 색 참나무 가구 그리고 쿠션이 놓인 의자들이 보였다. 작은 방 한가운데에 있는 널찍한 책상 위에는 크리스털 잔 두 개와 페리에 생수 한 병이 놓여 있었다. 생수에서는 아직도 거품이 보글거리며 올라왔고, 바로 옆 백랍 커피 주전자에서는 김이 모락모락 피어올랐다.

직원은 알겠다는 듯이 미소를 지었다.

"이번이 첫 방문이신 듯하군요."

소피는 망설이다 고개를 끄덕였다.

"알겠습니다. 열쇠가 상속되는 경우가 종종 있으니까요. 처음 오시는 고객님 대부분은 절차를 정확히 모르시지요."

직원은 음료들이 놓인 탁자를 손으로 가리켰다.

"원하시는 만큼 얼마든지 이 방에 계셔도 좋습니다. 보관함에 접근하는 절차를 시작해도 될까요?"

소피는 고개를 끄덕였다.

"네, 그렇게 해 주세요."

직원은 팔을 휘저어 화려한 응접실을 가리키며 말했다.

"이곳은 고객 전용 관람실입니다. 제가 나가고 나면 고객님들께서는 원하는 시간 동안 안전 보관함에 있는 내용물을 살펴보거나 바꾸실 수 있습니다. 보관 물품은…… 이쪽으로 나옵니다."

직원은 널찍한 컨베이어 벨트가 우아한 곡선을 그리며 방 안으로 들어오는 반대편으로 두 사람을 데려갔다. 공항의 수하물 컨베이어 벨트와 유사해 보였다.

"저기에 있는 구멍에 열쇠를 꽂으시면……."

직원은 컨베이어 벨트와 마주하고 있는 커다란 전자 판독기를 가리켰다. 판독기에 낯익은 삼각형 구멍이 있었다.

"그다음에 고객님의 계좌 번호를 입력하면, 자동 기계 장치가 고객님의 안전 보관함을 아래층 금고에서 여기까지 운반합니다. 볼일을 끝마친 뒤 보관함을 도로 컨베이어 벨트에 얹고 다시 열쇠를 꽂으시면, 아까와 정반대로 과정이 진행됩니다. 고객님의 사적 용무는 완벽하게 보장됩니다. 뭐든 필요한 게 있으시면 방 중앙 탁자에 설치된 버튼을 누르십시오."

소피가 질문을 하나 하려는 찰나, 전화벨이 울렸다. 직원은 어리둥절하고 당혹스러운 표정을 지었다.

"잠깐 실례하겠습니다."

직원은 커피와 생수가 놓인 탁자 옆의 전화기로 걸어갔다.

"예?"

직원이 프랑스어로 말했다. 상대방의 말을 듣는 그의 이마에 깊은 주름이 잡혔다.

"예…… 예……."

직원은 수화기를 내려놓으면서 어색한 미소를 지었다.

"죄송합니다. 저는 이만 가 봐야겠습니다."

그는 재빨리 문 쪽으로 걸어갔다.

"잠깐만요."

소피가 직원을 불렀다.

"가기 전에 한 가지 분명하게 확인 좀 해 주세요. 아까 **계좌** 번호를 입력해야 한다고 하셨죠?"

직원은 문 앞에 멈춰 섰다. 낯빛이 창백했다.

"네, 당연하지요. 대부분의 스위스 은행과 마찬가지로 저희 안전 보관함은 이름이 아닌 **번호**와 연결되어 있습니다. 고객

227

님들은 열쇠와 본인만 아는 계좌 번호를 가지고 있습니다. 열쇠는 고객님의 신원을 확인하는 수단의 절반일 뿐입니다. 계좌 번호가 나머지 절반이고요. 그렇지 않으면 열쇠를 분실한 경우 아무나 와서 열쇠를 사용할 수 있으니까요."

소피가 머뭇거렸다.

"그런데 제게 열쇠를 준 분이 계좌 번호를 알려 주시지 않았다면 어떻게 하죠?"

직원은 침착하게 미소를 지으며 대답했다.

"고객님을 도와드릴 다른 직원을 부르겠습니다. 금방 올 겁니다."

은행 직원은 방에서 나가 문을 닫은 다음, 묵직한 자물쇠를 채웠다. 이제 두 사람은 방 안에 갇힌 것이나 다름없었다.

파리 시내 맞은편, 콜레 반장이 기차역에서 경찰 수사를 지휘하고 있었다. 그때 휴대 전화 벨이 울렸다.

파슈였다.

"인터폴이 단서를 찾아냈어. 기차는 잊어버려. 랭던과 느뵈가 방금 취리히 대여 금고 은행 파리 지점으로 걸어 들어갔어. 악소가 24번지. 자네 부하들을 당장 거기로 보내."

"지금 즉시 출동하겠습니다, 부장님."

# 35장

"안녕하십니까?"

취리히 대여 금고 은행 파리 지점장인 앙드레 베르네가 인사부터 건넨 뒤 눈으로 고객을 찾았다.

"저는 지점장 앙드레 베르네라고 합니다. 무엇을 도와드릴……?"

말꼬리가 울대뼈에 턱 걸린 듯했다.

소피가 물었다.

"죄송한데요, 혹시 저를 아세요?"

물론 소피는 그를 본 적이 없었다. 그런데 베르네는 순간적으로 유령이라도 본 듯한 표정을 지었다.

"아니요……."

지점장은 더듬거리며 말했다.

"그렇지…… 않은 것 같군요. 저희 은행은 익명성을 보장하니까요."

그는 숨을 내쉬고는 애써 차분한 미소를 지었다.

"저희 직원 말이, 고객님께서 황금 열쇠는 가지고 있는데 계좌 번호는 모르신다고 하더군요. 어떻게 그 열쇠를 갖게 되셨는지 여쭤 봐도 되겠습니까?"

"할아버지께서 주셨어요."

소피가 지점장을 찬찬히 살펴보며 대답했다. 지점장의 얼굴에 한결 더 짙은 불안감이 드리워졌다.

"그래요? 할아버지께서 열쇠는 주셨지만 계좌 번호는 알려 주지 못하셨다는 말씀이죠?"

"그럴 시간이 없었어요. 오늘 밤에 살해되셨거든요."

소피의 말에 지점장은 휘청거리며 뒷걸음질을 쳤다.

"자크 소니에르가 죽었단 말입니까?"

따지듯이 묻는 그의 두 눈에 공포심이 차올랐다.

"하지만…… 어쩌다가?"

이번에는 소피가 충격에 휩싸여 휘청거릴 차례였다.

"우리 할아버지를 **아세요?**"

앙드레 베르네 지점장은 소피 못지않게 충격을 받은 듯했다. 그는 몸을 가누려고 소파 옆 작은 탁자에 기대섰다.

"자크와는 절친한 친구 사이입니다. 언제 그랬죠?"

"오늘 저녁에요. 루브르 박물관 안에서."

베르네는 가죽 의자에 털썩 주저앉더니 랭던을 올려다보고는 다시 소피를 쳐다보았다.

"두 분 가운데 그의 죽음과 관련된 분이 있습니까?"

"아니요! 전혀 그렇지 않아요."

소피가 딱 부러지게 대답했다.

베르네는 심각한 표정으로 잠시 생각에 잠겼다가 다시 입을 뗐다.

"인터폴이 두 분 사진을 배포하고 있습니다. 두 분은 살인 혐의로 수배 중입니다."

소피는 기운이 쑥 빠졌다.

'파슈가 벌써 인터폴 연락망을 동원했단 말인가?'

파슈 부장은 소피의 예상보다 훨씬 더 적극적으로 수사를 벌이는 듯했다. 소피는 베르네에게 랭던이 누구인지, 오늘 밤 루브르에서 무슨 일이 있었는지 간략하게 설명했다.

베르네는 무척 놀란 표정을 지었다.

"그러니까 당신 할아버지가 죽어 가면서, 당신한테 랭던 씨를 찾으라는 메시지를 남겼다는 말인가요?"

"네. 그리고 이 열쇠도."

소피는 커피 테이블 위에 황금빛 열쇠를 올려놓았다. 단, 시온 수도회의 문양이 아래로 가도록 하였다.

베르네는 열쇠를 힐끗 보기만 할 뿐 손도 대지 않았다.

"달랑 이 열쇠만 남겼나요? 다른 것은요? 쪽지 같은 것도 하나 없었습니까?"

소피는 루브르 박물관 안에서 경황이 없었지만, 〈암굴의 마돈나〉 뒤에 다른 것이 없었다고 확신할 수 있었다.

"네, 열쇠뿐이었어요."

베르네는 허탈하게 한숨을 내쉬었다.

"모든 열쇠는 비밀번호와 같이 계좌 번호 열 자리와 짝을 이루어야 전자 판독이 가능합니다. 그 번호가 없으면 열쇠는 아무 소용이 없어요……. 그리고 솔직히 제가 할 수 있는 일 역시 아무것도 없습니다. 고객은 보안 단말기를 통해 직접 계좌 번호를 선택합니다. 따라서 계좌 번호는 고객 본인과 컴퓨터만 알 수 있습니다. 이것이 바로 우리 은행이 익명성을 보장하는 방법이지요. 그리고 우리 직원들 안전을 보장하는 방법이기도 하고요."

소피는 이해가 되었다. 24시간 편의점도 같은 방식을 썼다.

소피는 랭던 옆에 앉아 열쇠를 물끄러미 내려다보다가 다시 베르네를 쳐다보았다.

"지점장님, 할아버지는 오늘 밤 제게 전화해선 할아버지와 제가 심각한 위험에 처해 있다고 하셨어요. 제게 뭔가를 전해 주어야 한다고도 하셨죠. 알고 보니, 그게 바로 이 은행에서 쓰는 열쇠였어요. 이제 할아버지는 돌아가셨어요. 뭐든 저희에게 해 주실 말씀 없으세요? 큰 도움이 될 것 같은데요."

베르네는 진땀을 흘리기 시작했다.

"두 분이 이 건물을 빠져나가야 한다는 것 외에는 아는 게 없군요. 곧 경찰이 들이닥칠 거예요. 우리 경비원은 인터폴에 신고해야 한다고 생각한 모양이에요."

그때, 베르네의 휴대 전화가 울렸다. 그는 허리춤에 차고 있던 전화기를 뽑아 프랑스어로 대꾸했다.

"예?"

베르네는 잠시 가만히 듣기만 했다. 하지만 놀라움과 점점 커지는 염려를 감추지 못하고 표정이 일그러졌다.

"경찰? 이렇게 빨리?"

베르네는 재빨리 프랑스어로 몇 가지 지시를 내린 다음, 전화를 끊고 소피를 돌아보았다.

"경찰이 보통 때보다 훨씬 신속하게 움직이는군요. 우리가 얘기 나누는 동안 도착할지도 모릅니다."

소피는 빈손으로 이곳을 떠날 마음이 전혀 없었다.

"우리가 왔다가 이미 떠났다고 말하세요. 만약 은행을 수색하고 싶어 하면 수색 영장을 요구하면 됩니다. 영장 받는 데 시간이 좀 걸릴 거예요."

"내 말 잘 들어요. 자크는 내 친구였고, 우리 은행은 이런 식의 압력을 받을 이유가 없습니다. 이 두 가지 이유로 나는 우리 은행 안에서 체포되는 일을 용납하지 않을 겁니다. 1분만 주면 두 사람이 무사히 은행을 빠져나가도록 도울 수 있습니다. 그 이상은 나로서도 어쩔 도리가 없군요."

베르네는 자리에서 일어나 서둘러 문으로 갔다.

"여기 그대로 있어요. 금방 돌아올 테니."

소피가 단호하게 말했다.

"하지만 보관함은요? 그냥 떠날 수는 없어요."

"그것에 대해서는 제가 할 수 있는 일이 없습니다."

베르네는 서둘러 문 밖으로 나가면서 말했다.

"미안합니다."

소피는 방을 나가는 베르네의 모습을 잠시 멍하니 지켜보면서, 지난 10년 동안 할아버지가 보낸 뜯지 않은 수많은 편지와 소포 중 하나에 계좌 번호가 묻혀 있을지도 모른다는 생각을 했다.

갑자기 랭던이 벌떡 일어났다. 소피는 그의 눈동자가 예기치 않게 반짝이는 것을 알아차렸다.

"로버트? 지금 웃고 있는 거예요?"

"당신 할아버지는 천재예요."

"네?"

"열 자리 숫자라고 했지요?"

소피는 그가 무슨 말을 하는지 갈피를 잡을 수 없었다.

"계좌 번호 말입니다."

한쪽 입꼬리가 살짝 처지는 낯익은 미소가 랭던의 얼굴에 번졌다.

"할아버지가 결국 그 번호를 우리에게 남겨 주신 게 거의 확실해요."

"어디에요?"

랭던은 사건 현장 사진을 프린터로 출력한 종이를 꺼내 커피 테이블 위에 펼쳤다. 첫 줄을 보는 순간 소피는 랭던의 말이 옳다는 것을 간파했다.


13-3-2-21-1-1-8-5

아, 드라콘 같은 악마여!

오, 절름발이 성인이여!

P.S. 로버트 랭던을 찾아라.

# 36장

랭던은 이미 컨베이어 벨트 가까이에 있는 전자 판독기 쪽으로 움직이고 있었다. 소피는 종이를 집어 들고 뒤따라갔다.

판독기에는 현금 인출기와 비슷한 숫자판이 있고 그 옆에는 삼각형 구멍이 있었다. 소피는 지체 없이 구멍에 열쇠를 찔러 넣었다.

곧바로 새 화면이 떴다.

계좌 번호:

- - - - - - - - - -

커서가 깜빡였다.

'열 자리 숫자.'

소피가 인쇄한 종이에서 숫자를 읽고 랭던이 그것을 숫자판에 입력했다.

계좌 번호:

1 3 3 2 2 1 1 1 8 5

랭던이 마지막 숫자를 입력하자 화면에 여러 언어로 메시지가 나타났다. 영어가 맨 위에 있었다.

주의:
확인 단추를 누르기 전에 계좌 번호가 정확한지 확인하십시오.
컴퓨터가 계좌 번호를 인식하지 못하는 경우
고객 안전을 위해 이 시스템은 자동 종료됩니다.

소피가 얼굴을 찌푸리며 말했다.
"기회가 한 번뿐인가 보네요."
"이 번호가 맞는 것 같아요."
랭던이 입력한 번호를 종이의 숫자와 주의 깊게 비교해 보며 말했다. 그러고는 손짓으로 확인 버튼을 가리켰다.
"자, 눌러요."
소피는 숫자판을 향해 집게손가락을 뻗었지만, 문득 이상한 생각이 들었다.
랭던이 재촉했다.
"어서 눌러요. 베르네가 곧 돌아올 겁니다."
소피는 뻗었던 손을 거두어들였다.

"아니에요. 이건 올바른 계좌 번호가 아니에요."

"틀림없어요! 열 자리 수. 다른 번호가 또 어디 있겠어요?"

"너무 무작위 같아요."

소피는 입력한 숫자들을 모두 지워 버리고 랭던을 바라보았다. 확신에 찬 눈빛이었다.

"**무작위**로 고른 계좌 번호가 피보나치수열로 재배열될 수 있다는 것은 지나친 우연이에요."

소피는 마치 기억 속에서 끄집어내듯이 다른 숫자를 입력하기 시작했다.

"더구나 할아버지는 자신에게 의미 있는 번호, 쉽게 기억할 수 있는 번호를 선택했을 것 같아요."

소피는 숫자를 모두 입력하고는 짓궂은 미소를 지었다.

"무작위로 보이지만…… 사실은 그렇지 **않은 것**."

랭던은 화면을 들여다보았다.


### 계좌 번호:
### 1123581321


순식간에 번호가 눈에 들어왔다. 그런데 그것을 보는 순간, 소피의 생각이 맞다는 것을 알 수 있었다.

'피보나치수열.'

'1-1-2-3-5-8-13-21'

피보나치수열을 그냥 열 자리 숫자로 죽 이어 놓으니 그것이 피보나치수열임을 알아차리기가 사실상 불가능했다.

'기억하기 쉽지만 겉보기에는 무작위로 보이는 번호.'

소니에르가 절대로 잊어버릴 염려가 없는 기발한 열 자리 암호.

소피는 손을 뻗어 확인 버튼을 눌렀다.

아무 일도 일어나지 않았다.

적어도 그들이 느끼기에는 그러했다.

그 순간, 두 사람의 발밑에서는 동굴 같은 지하 금고에서 잠자고 있던 로봇의 집게발이 움직이기 시작했다. 집게발은 천장에 달린 두 개의 축으로 이동하는 식으로 씽씽 움직이며 좌표 값을 찾아갔다. 지하실 시멘트 바닥에는 똑같이 생긴 플라스틱 상자 수백 개가 마치 지하 묘지에 줄지은 작은 관처럼 거대한 격자를 이루며 정렬되어 있었다.

집게발은 정확한 지점 위에 멈춘 다음 아래로 쑥 내려갔다. 그러자 전자 판독기가 상자에 붙은 바코드를 확인했다. 이어 집게발이 컴퓨터 특유의 정확성을 발휘하여 묵직한 상자의 손잡이를 움켜잡더니 수직으로 끌어올렸다. 기어가 새로 맞물리면서 집게발은 상자를 금고 가장자리로 운반해 컨베이어 벨트 바로 위에서 멈췄다.

로봇 집게발은 천천히 아래로 내려와 상자를 벨트에 내려 놓고 다시 올라갔다.

집게발이 사라지자, 이번에는 컨베이어 벨트가 잠에서 깨어났다……

위층, 소피와 랭던은 컨베이어 벨트가 움직이는 것을 보고 안도의 한숨을 내쉬었다. 컨베이어 벨트는 두 사람의 오른쪽 금속 문 아래에 보이는 좁은 틈을 통해 방 안으로 들어오고 있었다. 금속 문이 스르르 위로 올라가자, 큼직한 플라스틱 상자가 기울어진 컨베이어 벨트를 타고 조금씩 조금씩 모습을 드러냈다. 단단한 검은색 플라스틱 상자였다. 벨트를 타고 부드럽게 움직이던 상자는 정확하게 두 사람 앞에 멈춰 섰다.

랭던과 소피는 말없이 가만히 서서 수수께끼 같은 상자를 물끄러미 내려다보았다. 소피는 마치 거대한 연장 상자 같다고 생각하며, 앞에 보이는 죔쇠 두 개를 서둘러 풀었다. 그러고는 랭던에게 눈짓했다. 두 사람은 함께 묵직한 뚜껑을 들어 올려 뒤로 젖혔다. 그리고 몸을 숙여 상자 안을 들여다보았다.

밑바닥에 작은 물건 하나가 동그마니 놓여 있었다. 신발 상자만 한 크기에 화려한 장식의 경첩이 달린 반질반질한 나무 상자였다. 나뭇결은 선명했으며 윤기 나는 진자주색이었다.

'자단이야.'

소피는 목재를 알아보았다. 할아버지가 가장 좋아하는 목재였기 때문이다. 뚜껑에는 상감(금속이나 도자기, 목재 표면에 무늬를 새기고 금, 은, 보석, 뼈, 자개 등을 박아 넣는 공예 기법 — 옮긴이)으로 아름다운 장미 한 송이가 새겨져 있었다. 소피는 허리를 숙여 상자를 들어 올렸다.

**"맙소사, 엄청 무거워요!"**

소피는 조심조심 상자를 옮겨 커다란 탁자에 내려놓았다.

랭던이 속삭였다.

"꽃잎이 다섯 장인 장미는 시온 수도회에서 성배를 뜻하는 상징입니다."

"크기가 딱 맞아요……. 성배를 담기에."

소피가 속삭였다.

'하지만 성배일 리가 없다고 로버트가 말했어.'

소피는 상자를 열려고 몸 쪽으로 끌어당겼다. 그런데 상자를 움직이는 동안 예상치 못한 일이 벌어졌다. 상자 속에서 기이하게도 출렁거리는 듯한 소리가 났다.

소피는 혹시 잘못 들었나 싶었다.

"방금 들었어요? 이상한 소리……?"

랭던은 고개를 끄덕였다.

"액체 같죠?"

소피는 손을 뻗어 상자의 쥠쇠를 천천히 풀고 뚜껑을 들어 올렸다.

안에 있는 물건은 랭던이 난생처음 보는 것이었다. 하지만 이제 한 가지 사실만은 확실해졌다. 상자 속 물건은 그리스도의 잔이 아니었다.

# 37장

"경찰이 도로를 봉쇄하고 있어요. 두 분을 내보내기가 어려울 듯합니다."

앙드레 베르네가 대기실로 들어오면서 말했다.

베르네의 목소리가 들렸을 때, 소피와 랭던은 커다란 나무 보석 상자처럼 보이는 물건이 놓인 탁자 곁에 서 있었다. 소피는 얼른 상자 뚜껑을 닫고 고개를 들었다.

"알고 보니, 계좌 번호를 갖고 있더군요."

"느뵈 양, 그 물건을 가지고 갈 건가요, 아니면 떠나기 전에 도로 맡길 건가요?"

소피는 랭던을 힐끔 보고는 다시 베르네를 보았다.

"가져가야 합니다."

베르네는 고개를 끄덕였다.

"좋습니다. 그렇다면 복도를 지나갈 때 코트로 잘 감싸요.

사람들 눈에 띄지 않는 게 좋겠군요."

랭던이 코트를 벗는 동안 베르네는 서둘러 컨베이어 벨트로 다가가 빈 상자 뚜껑을 닫고 간단한 명령 몇 개를 입력했다. 컨베이어 벨트가 다시 움직이며 플라스틱 상자를 도로 금고로 옮겼다. 베르네는 황금 열쇠를 뽑아 소피에게 돌려주었다.

"이쪽으로. 어서요."

건물 뒤편 적하장에 도착했을 때, 소피는 지하 주차장 안으로 새어 들어오는 번쩍이는 경찰차의 불빛을 보았다. 주차장 진입 경사로까지 봉쇄한 듯했다. 베르네가 소형 장갑 트럭 중 한 대를 가리켰다.

"뒤에 타세요."

베르네는 육중한 트럭 뒷문을 열고는 번들거리는 강철 화물칸 안을 향해 손짓했다.

그리고는 적하장 사무실 안으로 뛰어 들어가 열쇠를 꺼내고 운전기사들이 입는 상의와 모자를 착용한 뒤 옷 안에 권총을 쑤셔 넣었다. 트럭으로 돌아와 육중한 뒷문을 닫고 랭던과 소피를 숨긴 화물칸을 열쇠로 잠갔다. 그리고는 운전석에 올라타 시동을 걸었다.

트럭이 경사로를 힘차게 오르자 차량이 통과할 수 있도록 내부 차단기가 안쪽으로 열렸다. 어서 오라고 손짓하는 듯한 출구가 앞에 보였다.

바리케이드를 몇 미터 앞두었을 때, 호리호리한 경찰관이 바리케이드 앞으로 걸어 나오면서 차를 세우라고 손짓했다. 건물 입구에는 경찰차 네 대가 떡하니 버티고 서 있었다.

베르네는 트럭을 세웠다.

"제롬 콜레라고 합니다."

경찰관이 프랑스어로 신분을 밝혔다. 그러고는 화물칸을 가리키며 물었다.

"저 안에 뭐가 있지요?"

"젠장, 내가 그걸 알면."

베르네는 거친 프랑스어로 대꾸했다.

"난 운전기사 나부랭이일 뿐입니다요."

콜레의 표정에는 아무런 동요도 일지 않았다.

"범인 두 명을 찾고 있습니다."

콜레는 로버트 랭던의 여권 사진을 높이 쳐들었다.

"이 사람이 오늘 밤 은행에 왔습니까?"

베르네는 어깨를 으쓱였다.

"아는 바 없수다. 우리는 손님들 근처에 얼씬도 못 하게 한다우. 안에 들어가서 안내 데스크 직원한테 물어보슈."

"수색 영장이 있어야 들여보내 준다고 해서."

베르네는 넌더리 치는 표정을 지었다.

"하여간 펜대 굴리는 양반들이란. 아, 괜스레 나까지 열 뻗치네."

"화물칸 좀 열어 주시오."

콜레는 화물칸을 향해 손짓했다.

베르네는 그를 멀뚱멀뚱 쳐다보며 어처구니없다는 듯이 웃었다.

"화물칸을 열라고요? 나한테 열쇠가 있을 것 같수? 저들이

나 같은 놈을 믿을 것 같수? 쥐꼬리만 한 내 월급을 경찰 나리께서 봐야 하는데."

콜레는 고개를 갸우뚱했다.

"당신이 모는 트럭 열쇠가 당신한테 없단 말이오?"

베르네는 고개를 절레절레 저었다.

"화물칸 열쇠는 없수다. 시동 거는 열쇠만 있지. 이런 보안 트럭들은 적하장에서 감독관이 직접 봉인하거든. 트럭이 여기 서 있는 동안 화물칸 열쇠는 수취인에게 전달된다우. 일단 화물칸 열쇠가 목적지에 제대로 도착했다는 연락이 와야 나는 트럭을 몰고 나갈 수 있다, 이 말이우. 그전에는 1초도 빨리 움직일 수 없수. 그러니 뭘 싣고 가는지 내가 알 턱이 있겠수?"

"이 트럭은 언제 봉인되었죠?"

"몇 시간 됐을 거유. 오늘 밤 생튀리알까지 가야 하니까. 화물칸 열쇠는 벌써 거기 도착했겠지."

땀 한 방울이 베르네의 코끝에서 대롱거렸다.

"가도 되겠수?"

베르네는 소매로 코를 훔치며 길을 가로막은 경찰차를 가리켰다.

"시간이 워낙 빡빡해서 말이우."

콜레는 베르네의 손목을 가리키며 물었다.

"그런데 요즈음 운전기사들은 롤렉스 시계를 찹니까?"

베르네는 아래를 내려다보았다. 터무니없이 비싼 손목시계 줄이 소매 밑으로 삐죽 나와 반짝거리고 있었다.

"이 허섭스레기 말이우? 시장에서 대만인 노점상한테 20유로 주고 샀수. 40 주면 넘겨 드리지."

콜레는 잠시 잠자코 있다가 결국 옆으로 비켜섰다.

"아니요, 됐습니다. 안전 운행하십시오."

# 38장

'2천만 유로.'

이 돈은 액수보다 훨씬 더 가치 있는 힘을 그에게 줄 것이었다.

차가 로마를 향해 속도를 내는 동안, 아링가로사는 자신도 모르는 사이에 왜 스승한테서 연락이 없는지 또 궁금해졌다. 그래서 옷 주머니에서 휴대 전화를 꺼내 신호를 점검했다. 신호 강도가 무척 약했다.

운전기사가 백미러로 주교를 힐끗 보며 말했다.

"여기는 이동 전화 서비스가 엉망입니다. 5분쯤 뒤면 산악지대를 벗어납니다. 그럼 신호가 더 잘 잡힐 겁니다."

"고맙소이다."

아링가로사는 갑자기 밀려드는 불안감을 느꼈다.

'산악지대라 이동 전화 서비스가 안 된다고?'

어쩌면 스승이 줄곧 연락을 취했는지도 모를 일이었다. 만약 몇 번씩 전화했는데 연결되지 않았다면, 스승은 무슨 생각을 하고 있을까?

파리, 사일러스는 자기 방의 천 매트에 엎드려 있었다. 오늘 밤만 벌써 두 번째 고행 수련을 하고 나니, 머리가 어질어질하고 몸은 기진맥진했다. 하지만 응당 받아야 할 벌이라는 생각이 들었다.

'나는 교회를 실망시켰어.'

'더욱 한심한 건 주교님을 실망시켰다는 사실이야.'

오늘 밤은 아링가로사 주교에게 구원의 밤이 되어야 했다. 다섯 달 전에 주교는 바티칸 천문대 모임에서 자신의 존재 자체를 뒤흔들 엄청난 사실을 접하고 돌아왔다. 결국 그는 사일러스에게 그 소식을 털어놓았다.

사일러스는 충격을 받아 울부짖었다.

"하지만 그건 불가능합니다! 절대로 받아들일 수 없습니다!"

"그건 엄연한 사실이에요. 상상도 못 할 일이지만, 사실입니다. 겨우 여섯 달밖에 안 남았어요."

사일러스는 구원을 위해 기도했고, 그 암울한 시절에도 하느님과 《길》에 대한 믿음은 결코 흔들리지 않았다. 그런데 불과 한 달 뒤 기적처럼 구름이 걷히고 희망의 빛이 보이기 시작했다.

'하느님의 중재.'

아링가로사는 그렇게 표현했다. 주교는 나지막한 목소리로 이렇게 말했다.

"사일러스, 하느님은 우리에게 《길》을 지킬 기회를 허락하셨어요. 모든 싸움이 그렇듯이 우리의 싸움에도 희생이 필요할 겁니다. 당신이 하느님의 병사로 나서 주겠습니까?"

사일러스는 자신에게 새로운 생명을 준 아링가로사 주교 앞에 무릎을 꿇었다.

"저는 하느님의 양입니다. 주교님 뜻대로 저를 인도해 주십시오."

아링가로사는 사일러스를 한 남자와 연결해 주었다. 스스로를 '스승'이라고 칭하는 그 사람은 놀라운 계획을 제안했었다. 사일러스는 그를 만난 적이 없었지만, 전화로 이야기 나눌 때마다 그의 심오한 신앙과 막강한 영향력에 경외심이 솟았다. 주교는 사일러스에게 이렇게 말했다.

"스승님 지시대로 하세요. 그러면 우리는 승리할 겁니다."

'승리.'

지금 사일러스는 휑한 마룻바닥을 응시하며 승리가 자기를 외면해 버린 것이 아닌지 두려움에 사로잡혔다. 스승은 속임수에 넘어갔다. 쐐기돌은 둘러 둘러 찾아온 막다른 길이었다. 그리고 그 속임수와 함께 모든 희망이 사라졌다.

사일러스는 아링가로사 주교에게 전화를 걸어 위험을 알리고 싶었다. 하지만 스승은 오늘 밤 두 사람이 직접 연락할 통로를 막아 버렸다.

'우리의 안전을 위해서.'

마침내 극심한 두려움에서 간신히 벗어난 사일러스는 오늘 밤 일을 보고해야 한다는 생각을 하게 되었다. 그는 어기적거리며 걸어가 바닥에 놓인 로브를 찾아 들고 주머니에서 휴대 전화를 꺼냈다. 그는 수치심에 고개를 푹 숙인 채로 전화번호를 눌렀다.

"스승님, 모든 것을 잃었습니다."

사일러스는 그렇게 속삭이고는 속임수에 넘어가게 된 경위를 설명했다.

스승이 말했다.

"믿음을 너무 빨리 잃은 것 같군. 방금 새로운 소식이 들어왔다. 비밀은 여전히 살아 있다. 자크 소니에르가 죽기 전에 누군가에게 정보를 넘겼다. 내가 곧 다시 연락할 것이다. 오늘 밤 우리의 일은 아직 끝나지 않았다."

# 39장

장갑 트럭의 어둑한 화물칸에 틀어박혀 이동하려니 마치 교도소 독방에 갇힌 채 이송되는 느낌이었다. 금속 바닥에 책상다리를 틀고 오래 앉아 있은 탓에 랭던은 두 다리가 뻣뻣했다. 자세를 바꿔 보았다. 피가 다시 하반신으로 몰리는 듯해 몸을 움씰거렸다. 두 팔은 은행에서 가져온 기이한 보물을 여전히 꼭 끌어안고 있었다.

랭던은 소중한 물건이 든 꾸러미를 바닥에 내려놓은 다음, 코트를 걷어내고 상자를 꺼내 자기 쪽으로 당겼다. 소피도 자리를 옮겨 랭던 옆에 나란히 앉았다. 랭던은 문득 두 사람이 크리스마스 선물을 앞에 둔 어린아이 같다고 생각했다.

자단 상자의 따뜻한 색깔과는 대조적으로 상감된 장미는 옅은 색 목재로 제작되었다. 물푸레나무인 것 같았다. 장미 문양은 희미한 불빛에도 또렷하게 빛났다.

'장미.'

이 상징을 토대로 수많은 군대와 종교 그리고 비밀 결사가 세워졌다.

'장미십자회, 장미십자기사단.'

소피가 말했다.

"어서요. 열어 보세요."

랭던은 숨을 깊이 들이마셨다가 내쉬었다. 그러고는 뚜껑을 향해 손을 뻗으며 정교한 목공예에 또 한 번 감탄했다. 그는 죔쇠를 풀고 뚜껑을 열었다.

상자 속에는 랭던이 종잡을 수 없는 물건이 둥지 속에 아늑하게 자리 잡은 새처럼 놓여 있었다. 윤기 흐르는 하얀 대리석을 덧댄 통이었다. 원통 모양에 테니스공을 넣는 깡통만 한 크기였다. 하지만 돌로 만든 단순한 원통이 아니라, 작은 조각 여러 개를 조립해 만든 것처럼 훨씬 복잡해 보였다. 놋쇠 몸통 위에 도넛처럼 생긴 대리석 원반 다섯 개를 층층이 부착한 모양새였다. 바퀴가 여러 개 달린, 튜브 모양의 만화경과 비슷해 보이기도 했다. 원통 양쪽 끝 역시 대리석 마개로 막혀 있어 안을 들여다볼 수 없었다. 속에서 액체가 출렁거리는 소리를 들은 터라 랭던은 통 내부가 비어 있을 것이라고 추측했다.

원통 구조가 신기하기는 했지만, 정작 랭던의 관심을 가장 끄는 것은 원통 둘레를 감싼 원반이었다. 다섯 개의 원반에는 신기하게도 같은 종류의 문자가 정교하게 새겨져 있었다. 바로 알파벳 스물여섯 자가 모두 새겨져 있었던 것이다.

소피가 속삭였다.

"놀랍지 않아요?"

랭던은 고개를 들었다.

"잘 모르겠어요. 도대체 이게 뭘까요?"

이제 소피의 눈이 반짝이고 있었다.

"할아버지는 취미로 이런 걸 만드시곤 했어요. 레오나르도 다빈치가 발명한 것들 말이에요."

어둑한 불빛 아래였지만, 소피는 랭던이 깜짝 놀라는 걸 알 수 있었다. 랭던은 다시 통을 보면서 중얼거렸다.

"다빈치?"

"네, '크립텍스'라는 거예요. 할아버지 말에 따르면, 다빈치의 비밀 일기에 설계도가 나와 있다고 했어요."

"어디에 쓰는 건데요?"

"금고 같은 거예요. 비밀 정보를 보관하는 용도로 쓰죠."

랭던의 눈이 더욱더 휘둥그레졌다.

소피는 다빈치의 발명품을 직접 만드는 것이 할아버지가 가장 좋아한 취미였다고 설명했다.

"어렸을 때 할아버지가 이런 거 하나를 만들어 주셨죠. 하지만 이렇게 화려하고 큰 건 처음 봐요."

랭던은 잠시도 상자에서 눈을 떼지 못했다.

"나는 크립텍스라는 단어도 처음 들어 봅니다."

소피는 놀라지 않았다.

"레오나르도 다빈치의 미완성 발명품은 대부분 연구된 적이 없고 이름조차 없는 것도 있어요. 크립텍스(cryptex)라는 이름도 할아버지가 지으신 게 아닐까 싶어요. 이 장치에 딱 맞는 이름이긴 해요. 두루마리에 적힌 정보, 즉 암호학(crypt ology)이라는 학문을 이용해 필사본(codex)을 보호한 거니까요."

장갑 트럭이 고속도로를 달리는 동안 소피는 랭던에게 보안이 필요한 메시지를 멀리 전달할 때 따르는 어려움을 해결하려고 다빈치가 만든 크립텍스에 대해 설명해 주었다.

"이 통을 열려면 암호가 필요해요."

소피가 알파벳이 적힌 글자판을 가리키며 말했다.

"크립텍스는 자전거를 잠그는 숫자 맞춤식 자물쇠와 아주 비슷해요. 다이얼 다섯 개를 제자리에 정렬하면 자물쇠가 열리고 안에 든 것을 꺼낼 수 있어요. 내부 중앙에 빈 공간이 있고, 거기에 두루마리를 넣을 수 있어요. 그 두루마리에 보안이 필요한 정보를 쓰는 거죠."

랭던은 믿기지 않는다는 표정을 지었다.

"그런데 이런 장치를 당신이 어렸을 때 할아버지가 만들어 주셨단 말이죠?"

"크기가 훨씬 작은 것들이었어요. 할아버지는 내 생일날 두어 번 크립텍스를 주면서 수수께끼를 내셨어요. 수수께끼의 답이 바로 암호였죠. 수수께끼를 풀어야만 크립텍스를 열 수 있고, 그 안에 든 생일 카드를 볼 수 있었어요."

"카드 하나 때문에 고생깨나 했겠네요."

"아니, 그게 다가 아니었어요. 생일 카드에는 늘 또 다른 수수께끼나 단서가 적혀 있었죠. 할아버지는 집 주변에서 할 수 있는 보물찾기 놀이를 즐겨 만드셨어요. 차례차례 주어지는 단서를 모두 풀어야 진짜 생일 선물이 있는 곳을 알 수 있었죠. 보물찾기 과정 하나하나가 시험이었고, 나는 노력에 따른 보상을 받았지요. 시험이 결코 간단하지 않았거든요."

랭던은 미심쩍은 표정으로 다시 크립텍스를 찬찬히 살펴보았다.

"하지만 그냥 지렛대 같은 걸 끼워서 벌리면 안 되나요? 아니면 부숴 버리거나? 금속이 약해 보이는데. 대리석도 무른 암석이고요."

소피는 빙긋이 웃었다.

"그러기에는 다빈치가 너무 똑똑한 게 문제겠죠? 다빈치는 어떤 식으로든 완력으로 통을 열려고 할 경우 안의 정보가 저절로 파괴되도록 설계했어요."

소피는 상자 속으로 손을 넣어 조심스럽게 크립텍스를 꺼냈다.

"이 안에 넣을 정보는 무조건 파피루스에 써야 해요."

소피가 크립텍스를 기울이자 속에서 액체가 출렁거리는 소리가 났다.

"액체가 든 유리병이에요."

"어떤 액체죠?"

소피는 빙그레 웃으며 대답했다.

"식초."

랭던은 잠깐 머뭇거리다가 고개를 끄덕였다.

"놀랍군요."

'식초와 파피루스.'

누군가 크립텍스를 억지로 열려고 하면 유리병이 깨질 테고, 그러면 순식간에 파피루스는 식초에 녹아 버릴 것이다. 그러면 비밀 메시지를 꺼내 봤자 아무짝에도 쓸모없는 펄프 덩어리만 남게 될 것이다.

소피가 말했다.

"그러니까 안에 든 정보를 손에 넣으려면 반드시 다섯 글자로 된 암호를 정확히 알아야 해요. 다이얼이 다섯 개고, 각 다이얼에 스물여섯 글자가 있으니까 경우의 수가 엄청나게 많지요. 약 1천2백 만 개의 경우의 수가 나오네요."

소피는 상자 뚜껑을 닫고는 거기 새겨진 장미를 살펴보며 물었다.

"아까 장미가 성배의 상징이라고 했죠?"

"맞아요. 시온 수도회의 상징 체계에서 장미와 성배는 같은 것을 의미하죠."

소피는 이맛살을 찌푸렸다.

"이상하네요. 할아버지는 늘 나에게 장미는 **비밀**을 뜻한다고 하셨거든요. 할아버지는 비밀스러운 전화 통화를 하거나 나에게 방해받고 싶지 않을 때마다 서재 문에 장미를 한 송이 걸어 두셨어요. 나한테도 똑같이 그렇게 하라고 권하셨고요."

랭던이 대꾸했다.

"'서브 로사(Sub rosa)'. 로마 사람들은 기밀 회의를 할 때 장미를 걸어 두곤 했지요. 장미꽃 아래, 즉 '서브 로사'에서 오간 이야기들은 그 내용이 뭐든 간에 반드시 비밀로 지켜야 했어요."

랭던의 표정이 갑자기 굳어지는 듯했다.

"서브…… 로사."

랭던은 목이 턱 막혔다.

"설마 그럴 리가."

"뭐가요?"

랭던은 천천히 눈을 치켰다.

"장미 표시 아래."

그는 조용히 속삭이고는 말을 이었다.

"이 크립텍스……, 이게 뭔지 알 것 같아요."

랭던은 자신의 추측이 스스로도 믿기지 않았다. 하지만 누가 이 통을 주었고 어떻게 주었는지를 고려하면, 그리고 상자 뚜껑에 새겨진 장미까지 감안하면, 그가 내릴 수 있는 결론은 딱 하나뿐이었다.

'나는 지금 시온 수도회의 쐐기돌을 들고 있어.'

전설은 매우 구체적이었다.

'쐐기돌은 장미 표시 아래 놓여 있는 암호 돌이다.'

잠자코 지켜보고 있던 소피가 말했다.

"로버트? 왜 그래요?"

랭던은 생각을 정리할 시간이 필요했다.

"혹시 할아버지께서 '클레 드 부트'라는 말을 하신 적이 있나요?"

"'금고의 열쇠'요?"

소피가 프랑스어를 번역해 되물었다.

"아니요, 그건 글자 그대로 번역한 거고. 클레 드 부트는 건축에서 흔히 쓰는 용어예요. 여기에서 '부트'는 둥근 아치를 뜻하죠. 아치형 천장이요."

"하지만 아치형 천장에 무슨 열쇠가 있어요?"

"실제로 있습니다. 모든 석조 아치에는 꼭대기 중앙에 쐐기 모양의 돌이 있어야 해요. 이 돌이 나머지 돌들을 단단하게 연결해 모든 하중을 견뎌 내지요. 건축적인 의미로 보면, 이 돌이 아치의 열쇠(key)나 다름없습니다. 그래서 영어로는 키스톤(keystone)이라고 하지요."

랭던은 '아, 그렇구나' 하고 깨닫는 눈빛을 기대하며 소피의 눈을 주시했다.

하지만 소피는 어깨를 한 번 으쓱하고는 크립텍스를 내려다보았다.

"하지만 이건 누가 봐도 쐐기돌이 아니잖아요."

랭던은 어디서부터 설명할지 막막했다. 쐐기 모양의 돌을 이용해 아치를 짓는 방법은 초창기 석공 조직의 일급비밀 가운데 하나였으며, 석공을 부유한 장인으로 만드는 데 크게 공헌한 지혜였다. 그러나 자단 상자에 담긴 돌 통은 누가 봐도 쐐기돌과는 다른 물건이었다. 시온 수도회의 쐐기돌—만약 지금 그들이 들고 있는 것이 정말로 그것이라면—은 랭던이 지금껏 상상해 온 모양과는 완전히 딴판이었다.

랭던은 솔직하게 털어놓았다.

"시온 수도회의 쐐기돌은 내 전공 분야가 아니에요. 성배에 대한 내 관심은 주로 상징과 관련된 것이고, 그래서 정말 성

257

배를 찾을 수 있는가 하는 문제에 대한 논의는 신경 쓰지 않는 편이었지요."

소피는 눈썹을 아치 모양으로 치켰다.

"성배를 **찾는다고요?**"

랭던은 조금 어색하게 고개를 끄덕이고는 신중하게 다음 말을 이었다.

"소피, 시온 수도회에 관해 전해 내려오는 이야기에 따르면, 쐐기돌은 암호로 된 지도예요……. 성배가 숨겨진 곳을 표시한 지도요."

소피는 어안이 벙벙했다.

"그러니까 이게 그거라고 생각하는 거예요?"

랭던은 뭐라고 말해야 할지 난감했다. 자신도 믿기 어려운 이야기였지만, 논리적으로 도출할 수 있는 유일한 결론은 쐐기돌뿐이었다.

'장미 표시 아래 숨겨진 암호 돌.'

과거 시온 수도회의 기사단장인 레오나르도 다빈치가 크립텍스를 설계했다는 사실은 이 통이 정말로 시온 수도회의 쐐기돌이라는 것을 알려 주는 또 하나의 긍정적인 신호였다.

'옛 기사단장의 설계도로…… 몇 세기 뒤 수도회의 다른 회원 손에서 실물이 탄생되었다.'

지난 10년 동안 역사학자들은 쐐기돌을 찾으려고 프랑스의 성당들을 뒤졌다. 성배 추적자들은 '클레 드 부트'가 말 그대로 진짜 쐐기돌—성당의 아치형 천장에 끼워진, 암호가 새겨진 돌—이라고 믿었다.

'장미 표시 아래.'

소피가 자기 생각을 이야기했다.

"이 크립텍스는 시온 수도회의 쐐기돌일 리가 **없어요**. 그렇게 오래되지 않았잖아요. 우리 할아버지가 만든 게 틀림없다니까요. 그러니 오래된 성배 전설에 나오는 물건일 수가 없지요."

랭던은 온몸에 번지는 짜릿한 흥분을 느끼며 대답했다.

"사실, 쐐기돌은 시온 수도회가 20년 전쯤에 만든 것으로 알려져 있어요."

소피는 순간적으로 의구심 어린 눈빛을 보였다.

"하지만 만약 이 크립텍스가 성배가 숨겨진 곳을 알려 준다면, 할아버지가 무엇 때문에 **나한테** 주셨겠어요? 나는 이걸 어떻게 여는지, 이걸로 뭘 해야 하는지도 모르는데. 나는 성배가 뭔지조차 모르잖아요."

랭던은 그제야 문득 소피의 생각이 옳다는 것을 깨달았다. 그러고 보니 그녀에게 성배의 실체를 설명해 줄 기회가 아직 한 번도 없었다. 하지만 지금은 그런 이야기를 나눌 때가 아니었다. 당장은 쐐기돌에 집중해야 했다.

'만약 이것이 진짜 쐐기돌이라면……'

랭던은 윙윙거리는 방탄 타이어의 소음 속에서 쐐기돌에 대해 들은 온갖 정보를 간추려 소피에게 설명해 주었다. 몇 세기 동안 시온 수도회의 가장 큰 비밀, 곧 성배의 위치는 기록된 적이 없었다고 알려졌다. 그 비밀은 보안을 위해 은밀한 의식을 거행하는 가운데 새로 임명된 청지기에게 구두로 전달되었다. 그런데 지난 세기 어느 시점에 그 정책이 바뀐 것 같았다. 이제 성배를 숨긴 성스러운 장소를 **말하는** 것조차 금지하기로 맹세했다는 것이다.

소피가 물었다.

"그럼 비밀을 어떻게 전승하죠?"

랭던이 설명했다.

"바로 그 대목에서 쐐기돌이 등장합니다. 최고 서열에 오른 네 사람 가운데 한 명이 죽으면, 나머지 세 명이 청지기에 오를 적당한 후보를 고릅니다. 그리고 새 청지기에게 성배가 숨겨진 곳을 **말해** 주는 것이 아니라, 그 사람이 자신의 가치를 입증할 수 있도록 시험을 치르게 하지요."

"그러니까 쐐기돌이 곧 자질 검증의 도구라는 거네요."

랭던은 고개를 끄덕였다.

"소피, 만약 이게 진짜 쐐기돌이라면, 그건 곧 당신 할아버지가 시온 수도회 안에서 가장 서열이 높은 네 사람 가운데 한 명이었다는 뜻이에요."

소피는 한숨을 쉬었다.

"할아버지는 어느 비밀 단체의 권력자였어요. 그건 확실해요. 지금 보니, 그 단체가 시온 수도회였던 것 같아요."

랭던은 소피의 말이 믿기지 않아 다시 한 번 생각해 보고는 물었다.

"할아버지가 비밀 단체에 소속된 것을 **알고** 있었다는 말이에요?"

"10년 전에 난 봐서는 안 될 것을 보고 말았어요. 그날 이후로 할아버지와 말도 하지 않고 지냈고."

소피는 잠시 뜸을 들이다 말을 이었다.

"할아버지는 최고위층 중 한 사람이 아니라…… 그 단체의 수장이 틀림없어요."

랭던은 소피의 말을 믿을 수 없었다.

"기사단장? 하지만…… 그걸 당신이 알 순 없었을 텐데요!"

"그 이야기는 그만하는 게 좋겠어요."

소피는 눈길을 돌려 버렸다. 그녀의 표정에는 고통스러움과 결연함이 뒤엉켜 있었다.

랭던은 어안이 벙벙한 채로 말없이 앉아 있었다.

'자크 소니에르가 기사단장이라고?'

그런데 그런 소니에르와 **만나기로** 약속이 되어 있었다니.

'시온 수도회의 기사단장이 나를 만나려고 했어. 왜? 예술에 대해 잡담이나 나누려고?'

그럴 가능성은 희박했다. 그나저나 왜 소니에르는 손녀에게 쐐기돌을 주는 것 같은 위험한 일을 했을까? 비밀을 알고 있을뿐더러 시온 수도회의 안전을 지킬 수 있는 청지기가 세 명이나 있는데. 더구나 소피와는 남남처럼 지냈는데 말이다.

'왜 나를 끌어들였을까……? 전혀 낯선 사람인 나를?'

그 답을 찾으려면 좀 더 기다려야 할 것 같았다. 트럭의 엔진이 느려지는 소리가 들렸다. 두 사람은 동시에 고개를 들었다. 타이어에 자갈 밟히는 소리가 들리고 속도가 점점 늦춰지더니 트럭이 덜커덩거리며 기어가듯 움직였다. 예상치 못하게 울퉁불퉁한 길로 접어든 것이다. 소피는 불안한 눈빛으로 랭던을 힐끗 보고는 서둘러 크립텍스 상자를 닫고 쥠쇠를 채웠다. 랭던은 재빨리 코트를 입었다.

트럭이 멈춰 섰다. 시동이 꺼지지 않은 상태에서 화물칸의 자물쇠가 돌아가기 시작했다. 문이 활짝 열렸을 때, 랭던은 도로를 완전히 벗어난 숲속에 트럭이 서 있는 것을 보고 깜짝 놀랐다. 베르네가 보였다. 긴장한 기색이 역력한 눈빛이었다.

손에는 권총이 들려 있었다.

# 40장

권총을 든 앙드레 베르네의 모습은 어설펐지만, 두 눈은 결연함으로 번뜩였다. 랭던은 공연히 그를 시험하는 것은 현명하지 않다고 생각했다.

베르네는 시동 켜진 트럭의 화물칸에 탄 두 사람에게 총을 겨눈 채 말했다.

"나로서도 어쩔 수 없군요. 상자를 내려놓으시오."

소피는 상자를 가슴팍에 꼭 끌어안았다.

"우리 할아버지와 친구 사이였다고 하셨잖아요."

"나에게는 당신 할아버지의 자산을 보호해야 할 의무가 있어요. 그리고 지금 그 일을 하고 있는 겁니다. 자, 상자를 바닥에 내려놓아요."

베르네는 몸의 방향을 틀었다. 랭던은 총구가 이제 자신 쪽으로 향하는 것을 지켜보았다.

"랭던 씨, 상자를 내 쪽으로 가져오시오. 당신에게 가져오라고 하는 건, 내가 주저하지 않고 총을 쏠 수 있는 대상이기 때문이라는 걸 명심하시오."

랭던은 믿기지 않는다는 눈빛으로 베르네를 바라보았다.

"도대체 왜 이러는 겁니까?"

"왜 그런 것 같소? 고객의 자산을 보호하기 위해서지."

그는 쏘아붙이는 말투로 간명하게 말했다.

"지금은 **우리가** 당신의 고객이에요."

소피가 말했다.

베르네의 얼굴이 얼음장처럼 차가워졌다.

"느뵈 양, 오늘 밤에 **어떻게** 그 열쇠와 계좌 번호를 손에 넣었는지 모르지만, 당신들이 범죄자라는 사실을 알았더라면 은행에서 빠져나오도록 돕지 않았을 거요."

소피가 말했다.

"말씀 드렸잖아요. 우린 할아버지의 죽음과 무관하다고!"

베르네는 랭던에게로 눈길을 돌렸다.

"라디오를 들어 보니, 당신은 자크 소니에르뿐만 아니라 **다른** 세 사람을 더 살해한 혐의로 수배 중이더군."

"뭐라고요?"

랭던은 벼락이라도 맞은 듯이 놀랐다.

'세 사람을 더 살해했다고? 세 사람의 청지기?'

랭던의 눈길이 자단 상자로 향했다.

'만약 청지기들이 살해되었다면, 소니에르는 달리 할 선택이 없었겠지. 누구에게든 쐐기돌을 **전해 주어야만** 했을 테니.'

베르네가 말했다.

"당신들을 넘기면 경찰에서 모든 것을 밝혀내겠지. 나는 이미 우리 은행이 너무 깊숙이 개입하도록 만들었소. 그 상자에 뭐가 들었든 나는 그 물건이 경찰 수사에서 증거 목록 중 하나가 되게 둘 생각이 없소. 랭던 씨, 상자를 이리 가져오시오."

느닷없이 총성이 울리더니 총알이 랭던의 머리 위 벽에 박혔다. 탄피가 땡그랑 소리를 내며 화물칸 바닥으로 떨어졌다. 랭던은 상자를 손에 쥔 채 얼어붙었다가 화물칸 바닥을 가로질러 열려 있는 문 쪽으로 걸어갔다.

'뭔가 조치를 취해야 해! 시온 수도회의 쐐기돌을 그냥 넘겨줄 순 없어!'

베르네는 몇 발짝 물러나 차 문에서 여섯 걸음쯤 떨어졌다.

"상자를 문 앞에 내려놓으시오."

랭던은 어쩔 수 없이 무릎을 꿇고 자단 상자를 화물칸 가장자리, 열린 문 앞에 내려놓았다.

"이제 일어서시오."

랭던은 몸을 일으키며 트럭 문턱 옆 바닥에 떨어져 있는 탄피를 보고는 잠시 멈추었다. 그리고 철제 문턱을 살펴보았다. 곧이어 일어서면서 발로 탄피를 조심스럽게 밀어 트럭의 이중 문턱 가운데 낮은 문턱에 떨어뜨렸다.

"안쪽 벽으로 가서 뒤돌아서시오."

랭던은 순순히 지시에 따랐다.


베르네는 심장이 쿵쾅거리는 것을 느끼면서, 총을 범퍼 위에 내려놓고 두 손으로 나무 상자를 들었다. 그리고 상자를 땅바닥에 내려놓은 뒤 곧바로 다시 총을 움켜쥐고 화물칸 안쪽을 겨누었다. 두 사람 다 조금 전과 똑같은 자세로 서 있었다.

'완벽해.'

이제 다시 문을 잠그기만 하면 끝이었다. 베르네는 육중한 철제문을 닫기 시작했다. 문이 쿵 닫히자, 베르네는 재빨리 빗장을 움켜쥐고 왼쪽으로 당겼다. 그런데 어찌된 영문인지 빗장이 중간에 턱 걸려서 제대로 채워지지 않았다.

'문이 완전히 안 닫히잖아!'

베르네는 당황하며 어깨로 문을 밀려고 몸을 돌렸다. 그때 문짝이 바깥쪽으로 벌컥 열리면서 그의 얼굴을 강타했다. 베르네는 비틀거리다 땅바닥에 나자빠졌다. 코뼈가 부러졌는지 통증이 극심했고, 총이 손에서 빠져 날아가 버렸다.

잠시 뒤, 자욱한 먼지와 배기가스가 훅 끼치더니 타이어가 자갈을 밟는 소리가 들렸다. 베르네가 일어나 앉았을 때, 긴 차체 때문에 방향을 제대로 틀지 못하는 트럭이 보였다. 앞 범퍼가 나무를 들이받는 바람에 범퍼 반이 떨어졌다. 방탄 트럭은 범퍼를 질질 끈 채로 덜커덩거리며 떠났다. 트럭이 포장도로로 올라서자 소나기가 퍼붓듯이 불꽃이 튀며 밤을 환히 밝혔다. 트럭은 범퍼에 끌려가는 듯한 모양새로 속도를 내기 시작했다.

베르네는 트럭이 서 있던 자리로 눈길을 돌렸다. 희미한 달빛이 드리워진 그곳은 아무것도 없이 텅 비어 있었다.

나무 상자도 사라졌다.

# 41장

시속 60킬로미터로 얌전하게 달리는데도 덜컹덜컹 매달린 앞 범퍼가 한적한 교외의 도로를 긁어 귀를 찢는 소리를 냈으며, 보닛 위에까지 불꽃이 튀겼다.

'일단 도로에서 벗어나야 해.'

랭던은 어디로 가고 있는지 앞이 보이지 않았다. 전조등은 하나밖에 남지 않았다. 그마저도 충돌로 제자리에서 벗어나 교외 도로 옆 수풀만 비스듬히 비출 뿐이었다.

조수석에 앉은 소피는 무릎에 올려놓은 자단 상자를 멍하니 바라보고 있었다.

랭던이 물었다.

"괜찮아요?"

소피는 충격을 받은 듯했다.

"그 사람 말 믿어요?"

"살해된 사람이 세 명 더 있다는 말이요? 당연히 믿죠. 그럼 여러 의문이 풀리거든요. 당신 할아버지가 왜 필사적으로 쐐기돌을 전해 주려고 했는지, 파슈가 왜 기를 쓰고 나를 잡으려 하는지."

"아니, 내 말은 베르네가 자기 은행을 보호하려고 했다는 것 말이에요."

랭던은 소피를 힐끔 보았다.

"그게 아니라면?"

"쐐기돌을 자기가 차지하려는 거죠. 그 사람은 할아버지를 알아요. 성배를 차지하기로 마음먹었을 수도 있잖아요."

랭던은 고개를 가로저었다.

"내 경험에 따르면, 사람들이 성배를 쫓는 이유는 딱 두 가지예요. 오래전에 사라진 그리스도의 잔을 찾고 있다고 믿거나, 아니면……."

"아니면……?"

"아니면 성배의 진실을 알고 있기 때문에 위협을 느끼고 있거나. 역사를 돌아보면 꽤 많은 사람이 성배를 파괴하려고 찾아 나섰어요."

두 사람 사이에 침묵이 흘렀다. 그 때문에 범퍼 긁히는 소리가 더 요란하게 울렸다. 벌써 몇 킬로미터는 달려왔다. 랭던은 트럭 앞에서 폭포수처럼 튀는 불꽃을 보면서 결단했다.

"범퍼를 원래대로 되돌릴 수 있는지 봐야겠어요."

랭던은 갓길에 트럭을 세웠다.

마침내 정적이 찾아왔다.

랭던은 트럭 앞으로 걸어가면서 자신도 놀랄 만큼 긴장하고 있음을 느꼈다. 피살자 세 명이 추가로 발견되었다는 소식은 끔찍한 사실을 암시했다.

'시온 수도회의 방어막이 뚫렸다. 조직이 위태로워졌어.'

이제 소니에르가 쐐기돌을 소피와 랭던에게 전해 주려 했던 이유를 납득할 수 있었다. 그는 조직 바깥에 있는 사람들을 선택한 것이다. 랭던은 트럭을 살펴보았다. 트럭 앞부분은 랭던의 예상보다 훨씬 더 상태가 안 좋았다. 왼쪽 전조등은 날아가 버렸고, 오른쪽 전조등은 안구에 대롱대롱 매달린 눈알 같았다. 랭던이 전조등을 제자리에 끼워 보았지만 도로 빠져 버렸다. 그나마 다행스러운 점은 앞 범퍼 대부분이 이미 떨어졌다는 사실이었다. 발로 한 번 힘껏 걸어차면 범퍼가 완전히 떨어져 나갈 것 같았다.

'도움이 필요해. 전문가의 도움이.'

성배와 시온 수도회의 문제라면, 랭던이 떠올릴 수 있는 전문가는 단 한 사람뿐이었다…….

장갑 트럭 안, 소피는 자단 상자를 열어 크립텍스의 글자판을 살펴보았다.

'생각을 해, 소피! 머리를 쓰란 말이야. 할아버지가 너한테 뭔가를 말하려고 하시잖아!'

'자질 검증.'

소피는 문득 할아버지의 손길이 느껴졌다. 소피는 크립텍스를 상자에서 꺼내 글자판을 어루만졌다.

'다섯 글자.'

소피는 글자판을 하나하나 돌려 보았다. 글자판이 부드럽게 움직였다. 소피는 자신이 선택한 글자들이 원통 양쪽 끝에 하나씩 자리한 화살표와 일직선이 되도록 정렬했다. 이제 글자판에는 다섯 글자로 이루어진 단어가 모습을 드러냈다. 소피는 그 단어가 어이없을 정도로 뻔한 단어라는 것을 알았다.

G-R-A-I-L(잔).

소피는 통의 양쪽 끝을 조심스럽게 잡아당겨 보았다. 꿈쩍도 하지 않았다. 안에서 식초가 출렁거리는 소리가 났다. 소피는 잡아당기는 동작을 멈추었다. 그리고 잠시 뒤, 다시 한 번 시도해 보았다.

V-I-N-C-I(빈치).

역시 아무 반응이 없었다.

V-O-U-T-E(아치).

어떤 일도 일어나지 않았다. 크립텍스는 여전히 단단히 잠겨 있을 뿐이었다.


다시 속도를 내자, 트럭이 훨씬 더 부드럽게 나아갔다. 랭던은 무척 뿌듯했다.

"혹시 베르사유로 가는 길 알아요?"

랭던의 말에 소피가 그를 빤히 보며 물었다.

"관광하려고요?"

"아니, 좋은 계획이 있어요. 그 근처에 잘 아는 종교 역사학자가 살고 있거든요. 정확한 위치는 기억나지 않지만, 찾아보면 될 거예요. 그 양반 저택에 몇 번 가 봤으니까. 이름이 리 티빙이에요. 전직 영국 왕립 역사학자지요."

"그런데 파리에 살아요?"

"티빙은 평생 성배에 열정을 쏟았어요. 15년 전쯤에 성배를 찾겠다는 희망을 품고 교회를 조사하려고 프랑스로 이사했지요. 아마 그분이 크립텍스를 어떻게 여는지, 그 안에 있는 것으로 무엇을 해야 할지 알아내는 걸 도와줄 수 있을 거예요."

대번에 소피의 눈에 경계심이 어렸다.

"믿을 수 있는 사람이에요?"

"어떤 면에서요? 혹시 정보를 훔쳐 갈까 봐서요?"

"그리고 우리를 경찰에 넘길까 봐서요."

"경찰 수배를 받고 있다는 얘긴 안 할 생각이에요. 다만 우리가 이 모든 문제들을 정리할 때까지 그분한테 신세를 좀 지면 좋을 것 같아서요."

"로버트, 프랑스의 모든 방송이 우리 얼굴로 도배될 거란 생각은 안 해 봤어요? 그만큼 믿을 만한 친구예요? 파슈가 틀림없이 현상금을 내걸 텐데."

랭던은 웃음을 터뜨렸다.

"날 믿어요. 그분한테 제일 필요 없는 게 바로 돈이니까."

리 티빙은 어지간히 작은 국가와 맞먹을 만큼 부자였다. 영국의 제1대 랭커스터 공작의 후손인 그는 고전적인 방식으로 부를 축적했다. 상속을 받은 것이다. 파리 외곽에 있는 그의 영지는 개인 소유의 호수를 두 개나 끼고 있는 17세기 궁전이었다.

랭턴은 몇 년 전에 BBC 방송국을 통해 티빙을 처음 만났다. 그때 랭턴은 티빙이 제안한 성배 관련 다큐멘터리 제작을 돕도록 뽑힌 역사학자 세 명 중 한 명이었다. BBC는 촬영을 위해 랭턴을 티빙의 파리 저택으로 초대했다.

소피가 물었다.

"로버트, 믿을 수 있다고 **확신해요**?"

"물론입니다. 우리는 동료인 데다 그분은 돈이 필요 없고, 더구나 우연히 알게 된 바로는 프랑스 정부를 싫어하더군요. 역사적인 장소를 사들였다는 이유로 프랑스 정부가 터무니없는 세금을 매겼답니다. 자발적으로 파슈에게 협력하지는 않을 겁니다."

소피는 깜깜한 차로를 물끄러미 내다보았다.

"그 사람한테 가면 어디까지 이야기할 작정이에요?"

"나만 믿어요. 리 티빙은 시온 수도회와 성배에 대해서는 지구상의 그 누구보다도 많이 알고 있으니까."

소피는 랭턴을 가만히 쳐다보았다.

"할아버지보다도 더 많이요?"

"내 말은 시온 수도회에 소속되지 **않은** 사람들 중에서 그렇다는 뜻입니다."

"티빙이 그 조직의 회원이 아니라는 건 어떻게 알죠?"

"티빙은 성배와 관련된 진실을 널리 알리는 데 평생을 바친 사람이에요. 그런데 시온 수도회는 성배의 실체를 숨기겠다고 맹세한 조직이잖아요."

"그렇다면 이해관계가 충돌하는 것 같은데요."

랭던은 소피가 무엇을 걱정하는지 이해할 수 있었다.

"곧바로 쐐기돌 이야기를 꺼낼 필요는 없어요. 아예 안 꺼낼 수도 있고. 그분 집은 우리가 몸을 숨기고 생각할 수 있는 장소가 되어 줄 테고, 그분과 성배 이야기를 나누다 보면 당신 할아버지가 왜 그걸 당신에게 주었는지 알게 될지도 몰라요."

"나에게가 아니라 **우리**에게 준 거죠."

랭던은 작은 자부심을 느꼈다. 하지만 소니에르가 자신을 끌어들인 이유가 새삼 궁금해졌다.

"티빙이 사는 곳을 대충 안다고 했죠?"

"그분 저택을 빌레트 성이라고 부르더군요."

소피는 믿기지 않는다는 표정을 지으며 그를 쳐다보았다.

"그 **유명한** 빌레트 성이요?"

"네, 거기예요. 그 저택을 알아요?"

"지나다니긴 했어요. 여기서 20분쯤 걸릴 거예요. 그동안 성배의 **실체**가 무엇인지 나한테 충분히 설명해 줄 수 있겠죠?"

랭던은 잠시 망설였다.

"티빙의 저택에 가서 말해 줄게요. 그분하고 나는 성배의 전설과 관련해 서로 다른 분야를 전공했기 때문에, 우리 둘의 이야기를 합치면 전체적인 그림이 보일 겁니다."

랭던은 미소를 지으며 말을 이었다.

"더구나 성배는 곧 티빙의 인생이나 마찬가지니까, 그 양반한테 성배 이야기를 듣는 것은 아인슈타인에게 상대성 이론을 듣는 셈이에요."

"우리가 한밤중에 찾아왔다고 리가 싫어하지 않아야 할 텐데요."

"이건 짚고 가야 할 것 같은데, 공식적인 자리에서는 '리
경'이라고 불러야 합니다."

랭던은 딱 한 번 그 실수를 저질렀다.

소피가 랭던을 빤히 보며 말했다.

"설마, 농담하는 거죠?"

랭던은 어색한 미소를 지었다.

"우리는 지금 성배를 쫓는 중이에요. 우리를 도와줄 사람으
로 경이라는 칭호를 받는 기사보다 더 제격인 사람이 누가 있
겠어요?"

# 42장

면적이 75만 제곱미터에 달하는 빌레트 성은 파리에서 가장 중요한 성 가운데 하나였다. 1668년에 지어진 이곳은 저택보다는 성채에 가까웠는데 '작은 베르사유 궁전'이라는 애칭으로도 불렸다.

랭던은 1.5킬로미터가 넘는 진입로 입구에 덜커덩거리며 트럭을 세웠다. 보안 설비를 갖춘 위압적인 정문 너머로 저 멀리 초원에 우뚝 솟은 리 티빙 경의 저택이 보였다. 정문에는 영어로 쓰인 표지판이 붙어 있었다.

'사유지, 무단출입 금지.'

랭던은 인터폰 버튼을 누르려고 소피 쪽으로 몸을 기울였다. 작은 스피커를 통해 벨소리가 들려오더니, 잠시 뒤 짜증 섞인 프랑스 억양의 영어가 흘러나왔다.

"빌레트 성입니다. 누구십니까?"

랭던이 큰 소리로 대답했다.

"로버트 랭던이라고 합니다. 리 티빙 경의 친구입니다. 그분의 도움이 필요해서 찾아왔습니다."

"주인님은 지금 주무십니다. 무슨 일이신지요?"

"개인적인 문제입니다. 티빙 경이 대단히 큰 관심을 가질 일입니다. 무척 중요한 일이에요."

"리 경의 수면도 중요하기는 마찬가지입니다. 친구분이라면 그분의 건강이 안 좋다는 걸 잘 아실 텐데요."

어렸을 때 소아마비를 앓았던 리 티빙 경은 지금도 다리 보조기를 차고 목발을 짚지만, 랭던이 지난번에 찾아왔을 때는 장애 있는 사람으로는 전혀 보이지 않을 정도로 활기차고 생기로웠다.

"정 그렇다면, 내가 성배에 대한 새로운 정보를 찾아냈다고 전해 주십시오. 아침까지 기다릴 수 없는 정보를 찾았다고 말입니다."

랭던과 소피는 기다렸다. 트럭이 요란스레 공회전을 하고 있었다.

꼬박 1분이 지났다.

이윽고 목소리가 흘러나왔다.

"이게 누군가! 자넨 아직도 하버드 표준시에 맞춰 움직이는 모양이군."

쾌활하고 경쾌한 목소리였다.

랭던은 그의 짙은 영국식 억양을 알아차리고는 싱긋이 웃었다.

"리, 터무니없는 시간에 잠을 깨워서 죄송합니다."

"내 하인이 말하기를 자네가 지금 파리에 있을 뿐만 아니라 성배에 대해 이야기하고 싶다고 했다던데."

"그래야 경이 잠에서 깰 것 같아서요."

"그래서 이렇게 깨어나지 않았나."

"혹시 오랜 친구에게 문 좀 열어 주실 수 있을까요?"

"진실을 쫓는 사람이라면 단순한 친구 정도가 아니지. 형제야, 형제. 당연히 열어 줘야지."

티빙은 그렇게 시원스럽게 말하고는 이렇게 덧붙였다.

"하지만 먼저 자네 마음이 얼마나 진실한지 확인해야겠네. 명예를 건 시험이라고나 할까. 세 가지만 물어보겠네."

랭던은 나지막하게 끙 소리를 내고는 소피에게 속삭였다.

"조금만 참으세요. 리 경이 좀 괴짜라."

"첫 번째 질문."

티빙이 우렁찬 목소리로 말했다.

"내가 자네한테 커피를 대접해야 하나, 아니면 차를 대접해야 하나?"

랭던은 커피를 사랑하는 미국인에 대한 티빙의 생각을 잘 알고 있었다.

"차입니다. 얼 그레이요."

"아주 좋아. 두 번째 질문. 차에 우유를 넣을까, 설탕을 넣을까?"

랭던은 잠시 머뭇거렸다. 소피가 그의 귀에 대고 속삭였다.

"**우유**. 영국 사람들은 늘 홍차에 우유를 타서 마실걸요."

"우유."

랭던이 말했다.

침묵이 흘렀다.

'잠깐!'

랭던은 지난번에 왔을 때 대접받았던 음료를 뒤늦게 기억해 내고는 이 질문에 함정이 있다는 사실을 깨달았다.

**"레몬입니다!"**

랭던이 자신 있게 말했다.

"레몬 띄운 얼 그레이."

"그렇지."

티빙은 이제 무척 즐거워하며 말했다.

"그럼 마지막으로 아주 심각한 질문을 하나 해야겠군."

티빙은 잠시 뜸을 들이더니 엄숙한 목소리로 물었다.

"매년 템스강에서 열리는 국제 보트 대회에서 하버드 뱃사공들이 옥스퍼드 선수들을 가장 최근에 이긴 연도는?"

랭던은 전혀 모르는 문제였지만, 티빙이 그 문제를 낸 이유만은 어림짐작할 수 있었다.

"당연히 그런 사기 같은 사건은 한 번도 일어난 적이 없습니다."

철컥, 문이 열렸다.

"자넨 마음이 참된 사람이야, 친구. 어서 들어오게."

# 43장

장갑 트럭이 곡선 모양의 진입로로 들어서는 순간, 소피는 온몸의 근육이 풀리는 것을 느꼈다.

포플러가 늘어선 구불구불한 진입로를 따라 가니 오른쪽에서 빌레트 성이 자태를 드러냈다. 3층 높이에 길이가 60미터는 족히 되고, 바깥 조명을 받아 외벽이 은은하게 빛나는 회색 석조 건물이었다. 흠 잡을 데 없이 가꾼 정원이 집을 에워싸고 있었다. 건물 안쪽에서 하나둘 불이 켜졌다.

랭던은 상록수가 우거진 주차 구역에 차를 세웠다.

"굳이 도로에서 훤히 보이는 곳에 세워서 위험을 감수할 이유야 없겠죠. 우리가 왜 너덜너덜한 방탄 트럭을 타고 왔는지 티빙이 궁금해할 일도 없고요."

랭던의 말에 소피는 고개를 끄덕였다.

"크립텍스는 어떡하죠? 리가 보게 되면, 분명 뭔지 궁금해할 텐데."

"걱정 말아요."

랭던은 차에서 내려 모직 코트를 벗었다. 그리고 코트로 상자를 둘둘 만 다음, 마치 아기를 안듯이 품에 끌어안았다.

소피가 미심쩍은 표정으로 말했다.

"대단히 치밀하시네요."

"티빙이 직접 현관문을 열어 주는 일은 없어요. 그를 만나기 전에 집 안에 숨겨둘 만한 곳을 찾을 수 있을 거예요."

현관으로 난 좁다란 길에는 조약돌이 깔려 있었다. 참나무와 벗나무 목재로 만든 현관문에는 조각이 새겨져 있었고, 문을 두드리도록 자몽만 한 크기의 놋쇠 고리가 달려 있었다. 소피가 노크하려는데 문이 열렸다. 단정하고 우아한 모습의 집사가 서 있었다. 집사는 방금 걸쳐 입은 듯한 턱시도와 하얀 넥타이를 마지막으로 매만지고 있었다. 나이는 쉰 살쯤 되어 보이고 표정은 딱딱해서 두 사람의 방문이 달갑지 않다는 티가 났다.

집사가 프랑스 억양이 짙게 깔린 영어로 말했다.

"리 경께서 곧 내려오실 겁니다. 지금 옷을 갈아입고 계십니다. 잠옷 차림으로 손님을 맞는 걸 꺼리시거든요. 코트 받아드릴까요?"

집사는 랭던이 끌어안고 있는 둘둘 말린 코트를 보며 얼굴을 찌푸렸다.

"고맙습니다만, 괜찮습니다."

"좋습니다. 그럼 이쪽으로 오시지요."

집사는 대리석이 깔린 멋진 로비를 지나 아름답게 꾸민 응접실로 두 사람을 안내했다. 갓에 술이 달린 빅토리아 양식의 램프들이 은은하게 불을 밝히고 있었다. 맞은편 벽에는 소 한 마리를 통째로 구워도 될 만큼 커다랗고 표면이 거친 벽난로가 있었다. 그리고 그 양 옆으로 반짝이는 사슬 갑옷이 하나씩 서 있었다. 집사는 벽난로로 걸어가 무릎을 꿇고는 성냥을 그어 미리 단정하게 깔아 놓은 참나무 땔감에 불을 붙였다. 딱딱 타는 소리와 함께 금세 불길이 확 살아났다. 집사는 몸을 일으키며 양복 매무새를 바로잡았다.

"주인님께서 자기 집처럼 편안하게 계시라고 당부하셨습니다."

집사는 그 말을 하고 랭던과 소피를 남겨 둔 채 응접실을 나갔다.

랭던은 코트를 풀어 크립텍스 상자를 꺼낸 다음, 기다란 벨벳 소파로 걸어가 상자를 소파 밑으로 밀어 넣어 눈에 띄지 않게 했다. 그러고는 코트를 탁탁 털어서 다시 걸친 다음, 소피를 향해 싱긋 웃고는 보물을 숨긴 소파에 앉았다.

소피는 랭던 옆에 앉았다. 따뜻한 온기를 느끼며 이글거리는 불꽃을 가만히 보고 있노라니, 문득 할아버지가 이 방을 봤다면 참 좋아했을 것이라는 생각이 들었다.

소파 밑에 숨긴 크립텍스를 떠올리자 소피는 리 티빙이 그것을 여는 법에 대해 어떤 생각을 갖고 있을지 궁금했다.

'아니, 그 사람한테 물어봐도 될까?'

"로버트 경!"

뒤에서 우렁찬 목소리가 들려왔다.

"이제 보니 젊은 숙녀분과 함께 여행 중이었구먼."

랭던이 일어섰고, 소피도 벌떡 일어났다. 목소리는 2층의 어둑한 곳으로 이어지는 곡선 모양의 계단 꼭대기에서 들려왔다. 랭던이 큰 소리로 말했다.

"안녕하십니까? 리 경, 이쪽은 소피 느뵈입니다."

"이거 영광이오."

이윽고 티빙은 빛이 비추는 곳으로 나왔다.

소피가 인사말을 건넸다.

"이렇게 맞아 주셔서 감사합니다. 어쩌다 보니 시간이 너무 늦었네요."

이제 다리에 철제 보조기를 차고 목발을 짚은 남자의 모습이 또렷이 보였다. 그는 한 번에 한 단씩 계단을 내려오고 있었다.

뚱뚱하고 혈색 좋은 리 티빙 경은 숱 많고 붉은 머리칼에 말할 때마다 반짝반짝 빛나는 쾌활한 녹갈색 눈을 가졌다. 주름진 바지와 헐렁한 실크 셔츠를 입고 셔츠 위에 휘어진 깃털 무늬 조끼를 입었다. 그는 두 사람에게 다가와 랭던을 향해 손을 내밀었다.

"로버트, 살이 좀 빠진 것 같네."

랭던은 싱긋 웃으며 대꾸했다.

"경은 좀 찌신 것 같습니다."

티빙은 너털웃음을 터뜨리며 둥실둥실한 배를 탁탁 두들기고는 소피에게로 고개를 돌렸다. 그리고 그녀의 손을 잡고 고개를 살짝 숙여 손에 가벼운 숨결을 내뿜고는 눈길을 돌렸다.

"숙녀분."

소피는 시간을 거슬러 온 듯한 느낌에 랭던을 힐끗 보았다.

현관문을 열어 주었던 집사가 차 쟁반을 들고 들어와 벽난
로 앞 탁자에 찻잔을 가지런히 내려놓았다.

"이 사람은 레미 르갈뤼데크야. 내 하인이지."

호리호리한 집사는 뻣뻣하게 고개를 끄덕이고는 다시 사라
졌다.

티빙이 나직이 속삭였다.

"리옹 출신이야. 그래도 소스 하나는 끝내주게 만들지."

랭던은 재미있다는 표정을 지었다.

"영국에서 사람을 데려다 쓰실 줄 알았는데요."

"어이쿠, 당치 않은 소리! 영국인 요리사가 만든 음식은 프
랑스 국세청 녀석들한테나 먹여야 돼."

티빙은 랭던을 쳐다보고는 내처 말했다.

"무슨 일이 있었군. 두 사람 다 불안해 보여."

랭던은 고개를 끄덕였다.

"흥미진진한 밤을 보내고 있습니다, 리."

"당연히 그렇겠지. 자, 말해 보게. 정말로 성배에 관한 이야
기인가, 아니면 한밤중에 나를 깨울 수 있는 주제라는 걸 알
기 때문에 그냥 한번 해 본 소리인가?"

'둘 다이기도 하고, 둘 다 아니기도 하고.'

소피는 소파 밑에 숨겨 둔 크립텍스를 떠올리며 그런 생각
을 했다.

랭던이 말했다.

"리, 시온 수도회에 대해 이야기를 좀 나누었으면 합니다만."

티빙의 숱 많은 눈썹이 호기심을 드러내며 아치 모양으로 치솟았다.

"수호자들 말인가? 그렇다면 정말로 성배 이야기가 맞군. 정보를 가져왔다고? 새로운 정보인가, 로버트?"

"그럴 수도 있지만, 확실하지는 않습니다. 먼저 경의 정보를 좀 듣고 나면 생각이 훨씬 명확하게 정리될 것 같은데요."

티빙은 손가락 하나를 세워 좌우로 흔들었다.

"미국인은 약삭빠르다니까. 좋아, 좋아. 날 마음대로 써 먹게나. 그래, 듣고 싶은 이야기가 뭔가?"

랭던은 한숨을 쉬고는 말했다.

"느뵈 양에게 성배의 실체에 대해 설명해 주시겠습니까?"

티빙은 어리둥절한 표정을 지었다.

"이 숙녀분께서 그걸 **모른단** 말인가?"

티빙은 기대감에 찬 얼굴로 소피를 향해 몸을 돌렸다.

"어디까지 알고 있지요, 아가씨?"

소피는 랭던이 자기에게 설명해 준 것들을 간추려 말했다. 시온 수도회와 템플 기사단, 상그레알 문서, 성배가 단순히 잔이 아니라…… 훨씬 더 강력한 무엇이라는 이야기.

"그게 다란 말이오?"

티빙은 괘씸하다는 듯이 랭던을 쏘아보고는 눈을 반짝이며 소피에게 시선을 붙박았다.

"나만 믿으시오. 지금부터 나한테 듣는 이야기는 영원히 못

잊을 거요."

　30초 후, 취리히 대여 금고 은행에서 40킬로미터 떨어진 곳, 빌레트 성 바깥에 세워 둔 은행 방탄 트럭의 밑바닥에 숨겨진 조그마한 송신 장치가 깜빡거리기 시작했다.

(2권에서 계속됩니다.)

옮긴이_ 김영선

서울대학교 영어교육과를 졸업하고 미국 코넬대학에서 문학 석사 학위를 받았으며 언어학 박사 과정을 수료했다. 《무자비한 월러비 가족》으로 2010년 IBBY(국제아동도서위원회) 어너리스트 (Hornor List) 번역 부문 상을 받았다. 옮긴 책으로는 《도박》, 《구덩이》, 《수요일의 전쟁》, 《화성 연대기》 등이 있으며, 《로빈슨 크루소》, 《검은 고양이》, 《동물농장》, 《물의 아이들》, 《보물섬》 등을 비롯해 여러 클래식을 완역하기도 했다.

## 청소년 다빈치 코드 1

초판 1쇄 발행 2017년 11월 20일
초판 3쇄 발행 2023년 10월 27일

지은이 | 댄 브라운
옮긴이 | 김영선
발행인 | 강봉자, 김은경

펴낸곳 | (주)문학수첩
주소 | 경기도 파주시 회동길 503-1(문발동 633-4) 출판문화단지
전화 | 031-955-9088(마케팅부), 9532(편집부)
팩스 | 031-955-9066
등록 | 1991년 11월 27일 제16-482호

홈페이지 | www.moonhak.co.kr
블로그 | blog.naver.com/moonhak91
이메일 | moonhak@moonhak.co.kr

ISBN 978-89-8392-680-7  04840
      978-89-8392-679-1 (세트)

「이 도서의 국립중앙도서관 출판예정도서목록(CIP)은 서지정보유통지원시스템 홈페이지(http://seoji.nl.go.kr)와 국가자료공동목록시스템(http://www.nl.go.kr/ kolisnet)에서 이용하실 수 있습니다.(CIP제어번호: CIP2017027830)」

* 파본은 구매처에서 바꾸어 드립니다.